AF456362

Paris. -- Typ. G. Chamerot, rue des Saints-Pères, 19.

CATALOGUE

DES LIVRES

DE JURISPRUDENCE, DE LITTÉRATURE ET D'HISTOIRE

COMPOSANT LA

BIBLIOTHÈQUE DE FEU M. A.-J. MOIGNON

CONSEILLER A LA COUR DE CASSATION
COMMANDEUR DE LA LÉGION D'HONNEUR ET DE L'ORDRE DE SAINT-STANISLAS
DE RUSSIE.

DONT LA VENTE AURA LIEU

Du mardi 1er mai au mercredi 9 mai 1877
à sept heures et demie précises du soir

Rue des Bons-Enfants, 28 (maison Silvestre)
Salle n° 1

Par le ministère de Me MAURICE **DELESTRE**, commissaire-priseur
Successeur de Me DELBERGUE-CORMONT
27, rue Drouot, 27

PARIS
ADOLPHE LABITTE
LIBRAIRE DE LA BIBLIOTHÈQUE NATIONALE
4, rue de Lille, 4

1877

CATALOGUE
DES LIVRES

COMPOSANT LA BIBLIOTHÈQUE

DE FEU M. A.-J. MOIGNON

CONDITIONS DE LA VENTE.

La vente est faite expressément au comptant.

Les acquéreurs payeront cinq centimes par franc, en sus des enchères, applicables aux frais.

Il y aura, de DEUX à QUATRE heures, exposition des livres composant la vacation du soir.

Les livres vendus doivent être collationnés sur place dans les vingt-quatre heures de l'adjudication. Passé ce délai, ou une fois sortis de la salle de vente, ils ne seront repris pour aucune cause.

Les articles au-dessous de 12 francs ne seront repris que s'ils sont incomplets.

Le libraire chargé de la vente remplira les commissions des personnes qui ne pourraient y assister.

ORDRE DES VACATIONS.

1re VACATION. — *Mardi 1er mai 1877.*

Belles-lettres.	Nos 396 — 440
Théologie.	1 — 129

2e VACATION. — *Mercredi 2 mai.*

Belles-lettres.	441 — 497
Sciences, Beaux-arts.	289 — 395

Il n'y aura pas de vacation le jeudi 3 mai.

3e VACATION. — *Vendredi 4 mai.*

Belles-lettres.	498 — 648

4e VACATION. — *Samedi 5 mai.*

Histoire de France et Histoire étrangère.	649 — 816

5e VACATION. — *Lundi 7 mai.*

Archéologie, Noblesse, Biograph., Bibliogr.	817 — 931
Ouvrag. de G. Peignot.	932 — 990

6e VACATION. — *Mardi 8 mai.*

Jurisprudence.	130 — 288
Jurisprudence générale.	218
Répertoire.	219

7e VACATION. — *Mercredi 9 mai.*

Livres en lots.

Paris. — Typographie Georges Chamerot, rue des Saints-Pères, 19.

CATALOGUE
DES LIVRES
DE JURISPRUDENCE, DE LITTÉRATURE ET D'HISTOIRE

COMPOSANT LA

BIBLIOTHÈQUE DE FEU M. A.-J. MOIGNON

CONSEILLER A LA COUR DE CASSATION
COMMANDEUR DE LA LÉGION D'HONNEUR ET DE L'ORDRE DE SAINT-STANISLAS
DE RUSSIE.

DONT LA VENTE AURA LIEU

Du mardi 1er mai au mercredi 9 mai 1877
à sept heures et demie précises du soir

Rue des Bons-Enfants, 28 (maison Silvestre)
Salle n° 1

Par le ministère de Me Maurice **DELESTRE**, commissaire-priseur
Successeur de Me Delbelgue-Cormont
27, rue Drouot, 27

PARIS
ADOLPHE LABITTE
LIBRAIRE DE LA BIBLIOTHÈQUE NATIONALE
4, rue de Lille, 4

1877

CATALOGUE

DES LIVRES

DE JURISPRUDENCE, DE LITTÉRATURE ET D'HISTOIRE

BIEN RELIÉS

COMPOSANT LA

BIBLIOTHÈQUE DE FEU M. A.-J. MOIGNON

CONSEILLER A LA COUR DE CASSATION
COMMANDEUR DE LA LÉGION D'HONNEUR ET DE L'ORDRE DE SAINT-STANISLAS DE RUSSIE.

THÉOLOGIE.

I. ÉCRITURE SAINTE.

1. BIBLIA. *Oliva Roberti Stephani*, 1555, in-8, v. tr. dor. (*Rel. anc.*)

Exemplaire portant sur le titre la signature suivante : *Robertus Stephanus R. F. R. N.*

2. Biblia sacra Vulgatæ editionis. *Parisiis, Ant. Vitré*, 1666, gr. in-4, v. f. (*Anc. reliure.*)

3. La Sainte Bible, trad. par Lemaistre de Sacy. *Paris, Furne*, 1846, gr. in-8, demi-rel. chagr. tr. dor. figures sur acier.

4. La Sainte Bible selon la Vulgate, traduction nouvelle avec les dessins de Gustave Doré. *Tours, Alfr. Mame et fils*, 1866, 2 vol. in-4, cart.

5. Les Quatre Livres des Rois traduits en français du XIIe siècle, suivis d'un fragment de moralités sur Job et d'un choix de sermons de saint Bernard, publiés par M. Le Roux de Lincy. *Paris, Impr. royale*, 1841, in-4 br.

De la collection des *Documents sur l'histoire de France*.

6. Le Pseautier de David, traduit en françois avec des notes courtes tirées de saint Augustin et des autres Pères. *Paris, E. Josset*, 1702, in-12, portrait par Champagne, mar. rouge jans. tr. dor. (*Reliure ancienne.*)

Exemplaire réglé.

Traduction d'Antoine Lemaistre, qui ajouta des notes empruntées à saint Augustin (*Note ms.*)

7. Les Visions d'Isaïe, fils d'Amos, trad. en vers français par l'abbé Chabert. *Lyon, Scheuring*, 1860, gr. in-8, mar. r. jans. tr. dor. (*Capé.*)

Imprimé par Louis Perrin.

8. Novum J. C. Testamentum, græcum. *Sedani*, 1628, in-16, mar. br. dentelle, tr. dor.

Édition en très-petits caractères.

9. Apocalypsis id est revelatio J. C. (Ad finem :) *Feliciter impressum est in inclyto Parisiorum gymnasio, per Joh. Barbier, pro Mag. Petr. Bacquelier, anno* 1507 (marque de *Denys Roce*), in-16, goth. demi-rel. mar. r. (*Capé.*)

10. Magnencii Rabani Mauri de laudibus sanctæ Crucis. *Phorceim* (Pfortzheim), *in ædibus Anselmi*, 1503, in-fol. demi-rel. (*Capé.*)

11. La Grande Bible renouvellée de Noëls nouveaux, où tous les mystères de la naissance et de l'enfance de J.-C. sont expliqués. *Troyes, André, s. d.*, 3 part. en 1 vol. in-12, demi-rel. mar.

12. Incipit Expositio seu Explanatio sancti Ambrosii in corpus Evangelii sanctæ Lucæ. (A la fin :) *Per Anthonium Sorg, incolam oppidi Augustensis, artificialiter effigiata, anno* 1476, in-fol. caractères semi-gothiques, vélin.

Édition princeps ; le dernier feuillet est remonté.

13. Sensuit une deuote meditation sur la mort et passion de Nostre Sauuveur J. C. *Imprimé à Paris par Guillaume Merlin, libraire-juré, s. d.*, in-12, demi-rel. v. f.

Impression gothique. Exemplaire piqué et raccommodé ; le dernier feuillet est doublé.

14. Iconographie de la Vierge, type principal de l'art chrétien depuis le IVe jusqu'au XVIIIe siècle, par Edouard Laforge. *Lyon, L. Perrin*, 1863.

15. Icones Testamenti. Illustrations of the Old Testament engraved on wood from designs by Hans Holbein. *London, W. Pickering*, 1830, in-8, cart.

II. LITURGIE.

16. Les Raisons de l'office et cérémonie qui se font en l'Église catholique, apostolique et romaine, par Cl. Villette, chanoine en l'église de Saint-Marcel lez Paris. *A Rouen*, 1622, in-8, parch.

17. Recueil des prières contenues dans l'Ancien et le Nouveau Testament. In-8, mar. r. (*Anc. rel.*)

Manuscrit du dix-huitième siècle.

18. Præces piæ.... In-8, mar. br. (*Anc. rel.*)

Manuscrit du quinzième siècle sur vélin. Il est orné de cinq grandes miniatures et de plusieurs petites, mais il est incomplet et assez mal conservé.

19. Sensuyt plusieurs devotes oraisons.... Pet. in-8, v. f. tr. dor. (*Anc. rel.*)

Manuscrit du seizième siècle sur papier. Il porte ces mots : *Pour le couvent des Filles-Dieu de Paris.*

20. Missale romanum. *Venetiis, apud Juntas,* 1557, in-fol. goth. à 2 col. chagr. n. tr. dorée et ciselée.

Très-belle impression en rouge et noir. Lettres capitales ornées.

21. Livre d'heures, ou Offices de l'Église illustrés d'après les manuscrits de la Bibliothèque du Roi par Mlle A. Guibert, et publiés sous la direction de M. l'abbé des Billiers, chanoine honoraire de Langres. *Paris*, 1843, in-8 br.

22. Breviarium ad sacrosanctæ romanæ Ecclesiæ usum. *Parisiis*, 1531, pet. in-8, v. f. gothique.

Impression rouge et noir.

23. L'Epistre de monsieur Saint-Estienne, chantée en son église de Reims. *Reims, Brissard Binet*, 1845, in-12, demi-rel. mar. r. avec coins. (*Capé.*)

Exemplaire non rogné.

24. Les Heures françoises, ou les Vêpres de Sicile et les Matines de la Saint-Barthélemi. *Suivant l'édition publiée par Ant. Michiels, à la Sphère,* in-12, demi-rel. mar. non rogné.

Exemplaire sur papier de Hollande.
Réimpression tirée à cent exemplaires.

25. Messe des Sans-Culottes, chantée à la belle tour de Reims. *Reims, Brissard-Binet,* 1854, in-12, demi-rel. mar. r. tr. rognée.

Titre imprimé en rouge.

26. Dissertation sur les porches des églises, par J.-B. Thiers. *Orléans, Fr. Hotot*, 1679, in-12, v. f. fil. tr. dor.

27. Voyages liturgiques de France, ou Recherches faites en diverses villes du royaume par le sieur de Moléon. *A Paris, chez Florentin Delaulne*, 1718, in-8, v. antique.

III. THÉOLOGIENS.

28. Traductio librorum sancti Johannis Chrysostomi, super Matthæum, è græco in latinum edita a Georgio Trapezontio. *S. l. n. d.*, in-fol. gothique, demi-rel. cuir de Russie.

Piqûres de vers à la fin du volume.

29. Meditationes beati Bernardi. — Monita beati Isidori. — Augustinus de Nativitate Christi. In-16, v. ant. fil. (*Niedrée.*)

Manuscrit du quinzième siècle sur peau de vélin.

30. Alberti Magni summa in Eucharistiæ sacramento. *Ulmæ, J. Zeiner*, 1474, in-fol. demi-rel. c. de Russie. (*Bauzonnet.*)

Très-bel exemplaire grand de marges. Édition originale.

31. Incipit liber Magistri Edmundi, archiepiscopi Cantuariensis. (A la fin:) *Imprimé de privilége jusques à deux ans par M. le Prevost de Paris, le* VI *d'avril* 1519. In-16, goth. demi-rel. maroquin rouge foncé. (*Capé.*)

32. Titulus in libellum sancti Methodi continens in se revelationes divinas, a sanctis angelis factas, de principio mundi. *S. l. n. d.*, in-4, goth. cart.

33. Beati Thomæ de Aquino opus dignissimum cuilibet virtuose vivere volenti. (*Parisiis, marque de Denys Roce sur le titre*) *s. a.*, in-16, goth. demi-rel. mar. (*Capé.*)

34. Quatuor novissimorum Liber; de morte, videlicet penis inferni judicio et celesti gloria quem plerique cordiale compellant. *S. l. n. d.*, pet. in-4, goth. à longues lignes, mar. br. tr. dor. (*Capé.*)

Bel exemplaire très-grand de marges.

35. De Libertate ecclesiastica tractatus Joannis Lupi. *Parisiis, ex off. Petit, anno* 1513, pet. in-8, gothique, vélin.

36. Apologia Simonis Vigorii in magno consilio regis consiliarii, de suprema Ecclesiæ auctoritate, adversus Andræam Duval. *Augustæ Tricass.* (*Troyes*), *apud Petrum Chevillot*, 1615, pet. in-8, v. ant.

Bel exemplaire en grand papier, *aux armes de De Thou.*

37. Œuvres complètes de Bossuet, évêque de Meaux. *Paris, Lefèvre et Ledentu*, 1836, 12 vol. gr. in-8, portrait, texte à deux col. demi-rel. mar. violet.

38. Œuvres de Fénelon, archevêque de Cambrai, précédées d'Études sur sa vie par M. Aimé Martin. *Paris, Firmin-Didot fr.*, 1838, 3 vol. gr. in-8, portrait, demi-rel. avec coins mar. noir, doré en tête, n. rog. (*Niedrée.*)

39. Œuvres de Bourdaloue. *Paris, Lefevre*, 1834, 3 vol. gr. in-8, texte à deux col. portrait, demi-rel. v. f. tr. jaspée. (*Kœhler.*)

40. Pensées, Fragments et Lettres de Blaise Pascal, publiés par M. Prosper Faugère. *Paris, Andrieux*, 1844, 2 vol. in-8 avec coins d. v. f. fil. tr. jaspée.

41. Pensées de Pascal, publiées dans leur texte authentique, avec un commentaire suivi et une étude littéraire, par Ern. Havet. *Paris, Dezobry et E. Magdeleine*, 1852, in-8, *portrait ajouté*, demi-rel. mar. la Vall. doré en tête, non rogné.

42. Pensées de Pascal, publiées par Victor Rocher. *Tours, Alfr. Mame*, 1873, in-4 br.

Exemplaire en grand papier de Hollande.

43. Lettres, Opuscules et Mémoires de Mme Périer et de Jacqueline, sœurs de Pascal, publiées par M. P. Faugère. *Paris, Aug. Vaton*, 1845, in-8, demi-rel. v. f. tr. marbrée.

44. Exposition de la doctrine de l'Église catholique sur les matières de controverse, par Mgr Jacq.-Bénigne Bossuet. *A Paris, chez Séb. Mabre-Cramoisy*, 1671, in-12, v. br.

Les premiers feuillets sont fortement atteints par l'humidité.

45. Traité contre les danses et les mauvaises chansons. *A Paris, chez Ant. Boudet*, 1768, in-12, demi-rel. mar. vert.

46. Traité contre l'amour des parures et le luxe des habits, par l'auteur du *Traité contre les danses et les mauvaises chansons. Paris*, 1780, in-12 br.

47. Speculum de confessione (per A. de Butri). (Ad finem :) *Impressus est Vincentiæ*, 1476, in-4, lettres rondes, d.-rel.

48. Incipit interrogatorium, sive Confessionale, per venerabilem fratrem Bartholomeum de Chaimis de Mediolano ordinis minorum compositum. *Mediolani, s. a.*, pet. in-fol. car. semi-gothique.

Exemplaire de Monmerqué (91). La fin du dernier feuillet manque.

49. Incipit Opus restitutionum à R. in Christo patre Francisco de Platea. (*Venetiis*, 1472) in-4, lettres rondes, c. de R.

Exemplaire Boutourlin.

50. Quæstiones doctoris Scoti. *Venetiis*, 1477, in-fol. goth. à 2 col. vélin.

51. Liber de Vilitate conditionis humanæ. (Ad finem :) *Impressus (Parisiis) pro Johanne Petit, s. d.*, in-16 gothique, demi-rel. mar. (*Capé.*)

52. Incipit tractatulus venerabilis Mgtri J. Gerson de pollutione nocturna. (*Coloniæ*, 1477, pet. in-4 goth. demi-rel.

53. La Véritable Préparation à la mort (par l'abbé de Rancé). *S. l. n. d.*, in-12, v. br.

Exemplaire de Chardon de la Rochette.

54. Découvertes d'un bibliophile, ou Lettres sur différents points de morale enseignés dans quelques séminaires de France. *Strasbourg*, 1843, plaq. in-8 de 41 pages, demi-rel. chagr. vert.

55. Résolutions de plusieurs cas de conscience touchant la morale et la discipline de l'Eglise, par Me Jacques de Sainte-Beuve. *Paris, chez Guill. Desprez*, 1689, 2 vol. in-4, mar. rouge, fil. dos orné, tr. dor. (*Reliure ancienne avec armoiries sur les plats.*)

IV. SERMONNAIRES.

56. Les Quarante Homélies, ou Sermons de S. Grégoire le Grand, pape, sur les évangiles de l'année, traduits en françois. *Paris, chez P. le Petit*, 1665, in-4, mar. vert, fil. dos orné, tr. dor. (*Reliure ancienne, avec les armes de Mmes de France, filles de Louis XV.*)

57. Sermones aurei de Sanctis fratr. Leonardi de Utino. *Venetiis*, 1473, in-4 gothique, bas.

Exemplaire Boutourlin.

58. J. de Voragine. Sermones aurei de tempore. *S. l. n. d.* (circa 1476), in-fol. gothique à 2 col. demi-rel.

59. Sermones discipuli de Tempore et de Sanctis. *Argentinæ*, 1489, in-4, goth. à deux col. demi-rel.

60. Sermones sancti Bonaventure de Morte. *Parisiis*, 1495, petit in-8 gothique, rel. en bois.

61. Mariale eximii viri Bernardini de Busti, Seraphici ordinis Francisci, de singulis festivitatibus beate Virginis. *Lugduni*, 1502, in-4 gothique à 2 col. vélin.

62. Sermones viginti et unus de peccatis, fratris Anth. Farinerii. *Impressus Lugduni*, 1518, pet. in-8 goth. à 2 col. v. f.

Exemplaire de M. Coste.

63. Sermones aurei funebres cunctos alios excellentes noviter inventi. *Venundantur Parisiis a Petro Gandoul*, 1519, pet. in-8 gothique, vélin.

64. Sermones aurei de tempore, editi à Jacq. de Voragine. *Parisiis, Regnault*, 1533, in-8 gothique, v. f.

Aux armes de Caumartin Saint-Ange.

65. Les Oraisons funèbres de Bossuet, avec des notices par M. Poujoulat, gravures à l'eau-forte par V. Foulquier. *Tours, Alfr. Mame*, 1869, in-4, br.

Exemplaire en grand papier de Hollande.

66. Panégyriques et autres Sermons prêchez par messire Esprit Fléchier, évesque de Nismes. *Paris*, 1796, in-4, portrait, v. antiq. marbr.

67. Oraison funèbre de S. E. Mgr le cardinal de Fleury, prononcée au service par le R. P. de Neuville. 1743. — Oraison funèbre de très-illustre et très-vertueuse dame Agnès-Catherine de Grillet de Brissac, abbesse de l'abbaye royale d'Origny-Sainte-Benoiste, par M. Wity. 1724. — Oraison funèbre de très-haut, très-puissant et excellent prince Mgr Louis Dauphin et excellente princesse Marie-Adelaïde de Savoie son épouse, par Mgr J. Maboul, évesque d'Alet. 1712. — Oraison funèbre de Mme Arm.-Henriette de Lorraine d'Harcourt, abbesse de Nostre-Dame de Soissons, par le P. A. du Guet. 1684. — Oraison funèbre de Mgr Louis Dauphin. 1711. — Oraison funèbre de Mgr Philippe, fils de France, duc d'Orléans, par M. l'abbé d'Estampes. 1702. — In-8, v. antiq.

68. Les Libres Prêcheurs, devanciers de Luther et de Rabelais, étude historique, critique et anecdotique sur les XIVe, XVe et XVIe siècles, par Antony Méray. *Paris, A. Claudin*, 1860, in-12, br.

Exemplaire en grand papier vergé.

V. THÉOLOGIE MYSTIQUE.

69. In hoc volumine continentur... Sancti Basilii de laude solitarie vite... Carmen Saphicum de laude Ordinis cartusiensis Sebastiani Brandt. *Parisiis, A.-Joh. Lambert, s. d.*, in-16 gothique, demi-rel. mar. r. (*Capé.*)

70. Augustinus. De Civitate Dei, cum commento. (Ad finem :) *Aurelii Augustini de Trinitate liber explicatus est.* M.CCCLXXXX, in-fol. goth. à 2 col. demi-rel.

71. De Contemptu mundi, sive de Imitatione Christi libri quatuor, auctore Joanne Gerson abbate Vercellensi ordinis S. Benedicti. *Rome et Bononie*, 1724, in-18, mar. rouge, large dent. tr. dor. (*Reliure ancienne.*)

72. Libri quatuor de Imitatione Christi. *Parisiis, e typographia Fratris Regis*, 1788, in-4, br.

73. De Imitatione Christi libri IV. *Tornaci*, 1851, in-64, broché.

Édition microscopique.

74. De Imitatione Christi libri IV. *Parisiis*, *Edwin Tross*, 1858, in-64, broché.

Édition microscopique.

75. De l'Imitation de Jésus-Christ, traduction nouvelle par le sieur de Beuil, prieur de Saint-Val. *Paris, chez Ch. Savreux*, 1667, gr. in-8, figures, mar. rouge, à comp. dos avec initiales P. V. S. F. enlacées, tr. dor. (*Reliure anc.*)

Le titre et les quatorze premières pages de cet ouvrage ont été complétés par celles d'un autre exemplaire bien plus court; les armoiries des plats ont été arrachées.

76. Livre de l'Imitation de N.-S. J.-C., fait par Guill. Schlesinger, suisse de Mgr l'évêque de Chaalons. *A Chaalons*, 1748 et 1756, in-4, v.

Manuscrit orné de quelques dessins à la plume et de gravures.

77. L'Imitation de Jésus-Christ, traduction nouvelle par M. l'abbé F. de la Mennais. *Paris*, 1825, fort vol. in-8, br. *figures de Devéria.*

78. Suite de l'Imitation de J.-C., ou les Opuscules de Th. à Kempis, trad. du latin par l'abbé de Bellegrade. *Paris, Collombat*, 1700, 1 tome en 2 vol. in-16, figures, chagr. tr. dor.

79. Corneille et Gerson dans l'Imitation de Jésus-Christ, par Onésime Leroy. *Paris, Adr. Leclere*, 1842, in-8, demi-rel. mar. rouge, fil. doré en tête, n. rog.

Exemplaire avec une lettre autographe de M. O. Leroy.

80. De Imitatione Christi libri quatuor ad pervetustum exemplar internarum consolationum dictum, necnon ad codices complures ex diversa regione ac editione ævo et nota insigniores variis nunc primum lectionibus subjunctis recensiti et indicibus locupletati studio J. B. M. Gence. *Parisiis*, 1826, in-8, v. viol. orn. à froid sur les plats, fil. or. tr. dor.

81. Histoire du livre de l'Imitation de Jésus-Christ et de son véritable auteur, par le chev. G. de Grégory. *Paris, Crapelet*, 1842, 2 tomes en 1 vol. in-8, portrait, demi-rel. mar. brun, doré en tête, n. rog.

82. Ortulus Rosarum, liber devotus. (Ad finem :) *Noviter impressus Parisiis, pro Magistro Petro Baquelier, s. a.*, in-16 gothique, demi-rel. mar. (*Capé.*)

83. Le Jardin des roses de la vallée des larmes, trad. par Chenu. *Paris, Panckoucke*, 1850, in-12, mar. r. fil. tr. dor. (*Capé.*)

Très-bel exemplaire en papier de Hollande.

84. Donatus moralisatus, compilatus à Mḡtro Joh. Gersone. (*S. l. n. d.*), marque de *Denys Rose* sur le titre, in-16 gothique, demi-rel. maroquin rouge.

85. Dialogus Magistri Johannis Gerson de Perfectione cordis. *S. l. n. d.* (*marque de Jehan Petit sur le titre*), in-16 gothique, demi-rel. mar. r. *Exemplaire avec témoins.*

86. Cura Clericalis. — Articuli Fidei. (A la fin :) *Imprimé à Troyes, par Jehan Lecoq, demourant devant Nostre-Dame*, 2 part. en 1 vol. in-16 gothique, v. f. fil. tr. dor. (*Petit.*)

Exemplaires bien conservés et grands de marges; ils ont été imprimés avant 1533.

87. Speculum religiosorum. (A la fin :) *Impressum Parrhisiis, pro Goffrido de Marnef* (*s. a.*), in-16 goth. demi-rel. mar. (*Capé.*)

88. Speculum exemplorum. *Coloniæ, Johannes Kœlhof*, 1485, in-fol. gothique, demi-rel. chagr. n.

89. Sententiæ Sixti quæ veræ sapientiæ præceptis refertæ sunt. *Coloniæ*, 1574, in-12, demi-rel.

90. Roderici Speculum vitæ humanæ. (*Augustæ*), 1471, pet. in-fol. goth. à longues lignes, demi-rel. v. rouge.

Exemplaire Boutourlin.
Piqûres de vers. Les deux premiers feuillets sont remontés. Deuxième édition avec date certaine.

91. Les Douces Pensées de la mort, par le sieur de la Serre. *Paris, Jean Cochart*, 1670, in-12, fr. gr. v. ant.

92. Petri Pithœi Comes theologicus, sive Spicilegium ex sacra messe. *Parisiis, apud Dionysium Thierry*, 1684, in-12, mar. n. tr. dor.

93. Regia via crucis, auctore Hæfteno. *Antuerpiæ*, 1728, in-8, figures, mar. r. fil. tr. dor. (*Capé.*)

VI. VIES DES SAINTS.

94. J. de Voragine. Legenda sanctorum. *Impresse Argentine*, MCCCCXC (1490), in-fol. goth. à 2 col. demi-rel. mar. r.

95. Vie de monseigneur Saint-Martin de Tours, par Péan-Gatineau, poëte du XIIIe siècle, publiée par l'abbé J.-J. Bourassé. — Les Dévotes, épîtres de Katherine d'Amboise (publiées par le même). *Tours, Ad. Mame*, 1860-61, 2 vol. in-8, br.

Ces deux ouvrages sont en grand papier.

96. Historia Sancti Huberti. *Luxemburgi*, 1621, in-4, demi-rel.

Titre défectueux.

97. Apologie de la mission de saint Maur, apostre des bénédictins en France, par dom Thierry Ruinart. *Paris*, 1702, in-8, maroquin rouge, tr. dor.

Aux armes de Le Tellier, archevesque de Reims. Cet exemplaire avait été donné par lui au séminaire de Reims.
Bel exemplaire.

98. Tableau de la vie et miracles de saint Thierry, premier abbé de l'abbaye royale de Mont-d'Or-lez-Reims, par le sieur Bailly. *Paris*, 1632, in-12, br. rogn.

99. Discours funèbre sur la mort de feu Mgr le révérendissime Gabriel de Saincte-Marie, archevesque, duc de Reims, premier pair de France, par dom Guillaume Marlot, docteur en théologie et prieur de l'abbaye de S. Nicaise. *A Reims, chez Fr. Bernard*, 1629, plaq. in-4 de 39 pages, cart.

100. Vie de très-haulte, très-puissante et très-illustre dame madame Louise de Savoye, religieuse au couvent de madame Sainte-Claire d'Orbe, escrite en 1507 par une religieuse, précédée d'une notice et suivie de documents et de notes historiques par l'abbé A.-M. Jeanneret. *Genève, J.-Guill. Fick*, 1860, in-8, br.

101. La Sainctelé chrestienne, contenant les vies, mort et miracles de plusieurs saints de France et autres païs dont les reliques sont au diocèse et ville de Troyes, avec l'histoire ecclesiastique recueillie par M. M. Desguerrois, de Jésus. *A Troyes*, 1637, in-4, v. antiq.

VII. HISTOIRE DE L'ÉGLISE.

102. Tablettes chronologiques, contenant avec ordre l'état de l'Église en Orient et en Occident, par Marcel. *Paris, Denys Thierry*, 1682, pet. in-8, v. br.

103. Vie du pape Grégoire le Grand, légende française publiée pour la première fois par Victor Luzarche. *Tours*, 1857, in-12, br.

104. Histoire des ordres monastiques religieux et militaires et des congrégations séculières de l'un et de l'autre sexe, qui ont esté establies jusqu'à présent (par le Père Hélyot). *Paris*, 1714-1719, 8 vol. in-4, figures, v. marbr.

105. Pro extirpandis hæresibus, ad Henricum secundum, J. Vacquerii societatis Sorbonicæ doctoris, oratio. *Rhemis, excudebat Bachetius*, 1559, pet. in-8, maroquin rouge, fil. tr. dor. (*Capé.*)

106. Origine de la Saincte-Chapelle de Paris (par Jehan Mortis, de 1154 à 1457), in-fol. demi-rel.

Copie manuscrite. De la vente Lassus (n° 113.).

107. Notice sur l'incendie de la cathédrale de Rouen occasionné par la foudre le 15 septembre 1822, et sur l'histoire monumentale de cette église, ornée de six planches, par E.-H. Langlois. *Rouen*, 1823, in-8, cart. n. rog.

108. Essai historique et descriptif sur l'abbaye de Fontenelle ou de Saint-Wandrille, et sur plusieurs autres monuments des environs, par E.-Hyacinthe Langlois, avec un grand nombre de figures et de plans inédits dessinés et gravés par l'auteur et par Mlle Espérance Langlois. *Paris, J. Tastu*, 1827, in-8, br.

109. Essai historique sur l'abbaye de Saint-Bernard et sur la ville de Romans. *Lyon, Louis Perrin*, 1856, 2 vol. in-8, figures, demi-rel. mar. r. avec coins, tête dor. n. rogné. (*Capé.*)

110. Dissertation sur l'époque de l'établissement de la religion chrétienne dans le Soissonnois, par l'abbé Lebeuf. *Paris, Delespine*, 1837, in-12, demi-rel. mar. r.

111. Titres de la fondation de l'église Saint-Urbain de Troyes, dépendante immédiatement du Saint-Siége apostolique, faite par Urbain IV, pape natif de ladite ville de Troyes. *Troyes*, 1683, in-4, br. de 28 pages.

112. Historiæ Remensis ecclesiæ libri IIII, auctore Flodoardo. *Duaci*, 1617, pet. in-8, demi-rel. mar. br.

Exemplaire portant la signature et des notes de Dom Guillaume Marlot, grand prieur de l'abbaye de Saint-Nicaise de Reims.

113. L'Histoire de l'église métropolitaine de Reims, escrite en latin par Floard, jadis chanoine d'icelle église, et traduite en françois par maistre Nicolas Chesneau, doyen et chanoine de Saint-Symphorian audit Reims. *A Reims, im-*

primé par Jean de Foigny, imprimeur de Mgr l'illustrissime cardinal de Guise, 1581, in-4, parch.

114. Les Sépultures de l'Église Saint-Remi de Reims, par Prosper Tarbé. *Reims, Brissart*, 1842, in-8, demi-rel. mar. rouge doré en tête, n. rog.

115. Trésors des églises de Reims, par Prosper Tarbé. *Reims*, 1843, in-4, demi-rel. mar. bl. tr. sup. dorée, figures.

116. Lettre sur la Sainte Ampoule et sur le sacre de nos rois à Reims. *Paris, Estienne*, 1775, in-12, demi-rel.

117. Cartulaire de l'église Notre-Dame de Paris, publié par M. Guérard. *Paris, Crapelet*, 1850, 4 vol. in-4, cart.

De la collection des *Documents sur l'histoire de France*.

118. Polyptyque de l'abbé Irminon, ou Dénombrement des manses, des serfs et des revenus de l'abbaye de Saint-Germain-des-Prés sous le règne de Charlemagne, publié d'après le manuscrit de la Bibliothèque du Roi, par M. B. Guérard. *Paris, Impr. royale*, 1844, 2 vol. in-4, demi-rel. mar. rouge.

119. Cartulare monasterii beatorum Petri et Pauli de Domina Cluniacensis ordinis Gratianopolitanæ diœcesis descriptum ex antiquo codice manuscripto pergameno quod est in potestate nobilis domini Du Bouchet regii historiographi. *Lugduni, excudebat Ludovicus Perrin*, 1859, in-8, br.

120. Cartulaire de l'abbaye de Saint-Bertin, publié par M. Guérard. *Paris, Impr. royale*, 1841, in-4 br.

De la collection des *Documents sur l'histoire de France*.

121. Cartulaire de l'abbaye de Saint-Père de Chartres, publié par M. Guérard. *Paris, Crapelet*, 1840, 2 vol. in-4, cart.

De la collection des *Documents sur l'histoire de France*.

122. Polyptyque de l'abbaye de Saint-Remi de Reims, ou dénombrement des manses, des serfs et des revenus de cette abbaye vers le milieu du neuvième siècle de notre ère, par M. B. Guérard. *Paris, Impr. impériale*, 1853, in-4, demi-rel. mar. rouge, doré en tête, n. rog.

---

123. Explications de divers monuments singuliers qui ont rapport à la religion des anciens peuples, avec l'examen de la dernière édition des ouvrages de saint Jérôme, et un traité sur l'astrologie judiciaire, ouvrage enrichi de figures en taille-douce, par le R. P. Dom (Martin). *Paris*, 1739, in-4, demi-rel. v. f. (*Closs.*)

124. Mémoires pour servir à l'Histoire de la Fête des Foux, par du Tillot. *Lausanne*, 1751, in-12, demi-rel. mar.

125. E.-H. Langlois. — 1° Discours sur la Fête des Fous et les Déguisements monstrueux au moyen âge. — 2° Note sur le Vieux Château de Rouen, br. in-8.

Extrait du *Bulletin de l'Académie de Rouen*.

126. Du Festin du Roi-Boit. *A Besançon, de l'impr. de Jean-Félix Charmet*, 1762, br. in-8 de 16 pages, dér.

127. Mémoires de Luther, écrits par lui-même, traduits et mis en ordre par Michelet. *Paris, L. Hachette*, 1837, 2 vol. in-8, demi-rel v. f.

128. La Polymachie des Marmitons, ou la Gendarmerie du Pape. *Lyon, Jean Saugrain*, 1563, in-8, demi-rel. mar. br.

129. Satyre chrestiène (*sic*) de la Cuisine papale, imprimé par Conrad Badius en 1560. *Genève, Guill. Pick*, in-8, br.

JURISPRUDENCE.

I. DROIT ANCIEN.

130. Corpus Juris civilis, cum D. Gothofredi et aliorum notis. *Amstelodami, apud Johannem Blaeu*, 1663, 2 vol. in-fol. v. marbr.

131. Justiniani Institutionum libri IV. *Amstel., ex off. Elzeviriana*, 1669, pet. in-12, demi-rel. mar.

132. Arnoldi Vinnii notæ in quatuor libros Institutionum. *Parisis, Muguet*, 1698, in-12, mar. r. fil. tr. dor.

Aux armes du chancelier Boucherat.

133. Corpus Juris civilis Academicum Parisiense. *Lutetiæ Parisiorum, apud Janet et Cotelle bibliopolas*, 1830, fort vol. in-4, v. rac.

134. Incipit Vocabularius juris utriusque. *Anno Domini M CCCC LXXX iij* (1483), in-fol. goth. à 2 col. vélin.

135. Institutes de l'empereur Justinien, traduites en français avec le texte en regard, publié par M. Blondeau. *Paris, Videcoq*, 1838, 2 vol. in-8, demi-rel. v. f. tr. jasp.

136. Les Institutions impériales, avec certaines gloses et arbre civil où sont insérées les formules des demandes, ou Libelles judiciaux sur chascune action, le tout mis du latin en françois, par maistre Nicolle de Lescut, secretaire du duc de Lorraine, fidelement revues et corrigées par hommes sçavants selon la manière de playder par les Françoys, 1544. *On les vend à Paris, en la grand'rue sainct Jacques, à l'enseigne sainct Martin, par Viuant Gaultherot*, in-12, de 240 ff. v. antiq.

137. Histoire du Droit romain, suivie de l'Histoire de Cujas, par M. Berriat-Saint-Prix. *Paris, Nève*, 1821, in-8, demi-rel. v. fauve.

138. L'Ordre, Formalité et Instruction judiciaire dont les anciens Grecs et Romains ont usé es accusations publiques, divisée en quatre livres, par Pierre Ayrault, lieutenant criminel au siége presidial d'Angers. *Paris, chez Laurens Sonnius*, 1604, in-4, v. f. antiq.

Le titre a été coupé dans la marge.

139. Essai sur l'Histoire du Droit privé des Romains, par A. Quérard. *Paris, Videcoq*, 1841, in-8, demi-rel. v. ant.

140. Recherches sur la Condition civile et politique des Femmes, depuis les Romains jusqu'à nos jours, par Édouard Laboulaye. *Paris, A. Durand et Joubert*, 1843, in-8, br.

141. Histoire du Droit de propriété foncière en Occident, par Édouard Laboulaye. *Paris*, 1839, in-8, br.

Envoi autographe signé de M. E. Laboulaye à M. de Monmerqué.

142. De l'Influence du Christianisme sur le Droit civil des Romains, par M. Troplong. *Paris, Ch. Hingray*, 1843, in-8, demi-rel. chagr. la Val.

143. Histoire du Droit criminel des peuples anciens, depuis la formation des sociétés jusqu'à l'établissement du christianisme, par Albert Du Boys. *Paris, Joubert*, 1845, in-8, broché.

144. Essai sur les Lois criminelles des Romains, concernant la responsabilité des magistrats, par Éd. Laboulaye. *Paris, A. Durand et Joubert*, 1845, in-8, demi-rel. v. rose, tr. jasp.

145. Calderinus. Repertorium Juris. (*Sine loco* (*Basileæ, Mich. Wensler*), 1474, 1 tome en 2 vol. in-fol. goth. à 2 col. v. f. (*Aux armes du duc d'Angoulême.*)

146. Alexandri Arnoldi Pagenstecheri de Jure ventris et de Cornibus et Cornutis. *Bremæ*, 1714, in-12, v. f. fil. n. rog.

147. Le Barreau romain, recherches et études sur le barreau de Rome, depuis son origine jusqu'à Justinien, et particulièrement au temps de Cicéron, par M. Grellet-Dumazeau. *Paris*, *Durand*, 1858, in-8, br.

II. DROIT FRANÇAIS ANCIEN.

148. Recherches pour servir à l'histoire du Droit français. *Paris*, *Ve Estienne*, 1852, in-12, r.

149. Origines du Droit français cherchées dans les symboles et formules du Droit universel, par M. Michelet. *Paris*, *L. Hachette*, 1837, in-8, demi-rel. v. f.

150. Travaux sur l'histoire du Droit français, par feu Henri Klimrath, docteur en droit, recueillis, mis en ordre et précédés d'une Préface, par M. L.-A. Warnkoenig, avec une carte de la France coutumière. *Paris et Strasbourg*, 1843, 2 vol. in-8, br.

151. Revue historique du droit français et étranger, publiée sous la direction de MM. Ed. Laboulaye, E. de Rozière. R. Dareste et C. Ginoulhiac. *Paris*, *Aug. Durand*, 1855-57, 3 vol. in-8 br.

152. Essai historique sur l'organisation judiciaire et l'administration de la justice depuis Hugues Capet jusqu'à Louis XIII, par J.-M. Pardessus. *Paris*, *Aug. Durand*, 1851. gr. in-8 br.

Exemplaire en grand papier de Hollande.

153. Leges Francorum salicæ et ripuariorum, opera et studio Georgii Eccardi. *Francofurti*, 1720, in-fol. vélin.

154. Traicté de la loy salique, armes, blasons et deuises des François, par Malingre. *Paris*, *Cl. Collet*, 1618, pet. in-8, demi-rel. mar.

155. Loi salique, ou Recueil contenant les anciennes rédactions de cette loi et le texte connu sous le nom de *Lex emendata*, avec des notes et des dissertations par J.-M. Pardessus. *Paris*, *Impr. royale*, 1843, in-4 br.

156. Lois des Francs, contenant la loi salique et la loi ripuaire, suivant le texte de Du Tillet, revu avec soin et éclairci par la ponctuation, avec la traduction en regard et des notes par M. J.-F.-A. Peyre, précédé d'une préface par M. Isambert. *Paris*, *Firmin-Didot*, in-8, demi-rel. veau violet.

Exemplaire provenant de la bibliothèque du château de Neuilly, avec le chiffre couronné du roi Louis-Philippe sur le dos de la reliure.

157. Recueil général des anciennes lois françaises depuis l'an 420 jusqu'à la révolution de 1789, avec notes de concordances, table chronologique et table générale analytique et alphabétique des matières, par MM. Jourdan, Decrusy et Isambert. *Paris*, 1827, 29 vol. in-8, demi-rel. veau rose.

158. Libelli seu Decreta à Clodoveo et Childeberto prius edita. *S. l. n. d.* (*vers* 1548), in-16, mar. br. tr. dor. (*Capé.*)

Bel exemplaire avec témoins. Ce recueil parait avoir été donné par Du Tillet. Il contient :

1° La loi salique, 127 pages; — 2° la loi des Alemans, 70 pages; — 3° la loi des Bourguignons, 95 pages; — 4° la loi des Ripuaires, 56 pages; — 5° l'ancienne loi des Bavarois avec les huit chapitres ajoutés par Charlemagne, 119 pages.

159. Ordo judiciarius, Johannis Blavasco. *Impressus Lugduni, per Johannem Thomas*, 1515, in-4, goth. à 2 col. veau, fil. (*Reliure du* XVIe *siècle.*)

Marque de Jean Marion sur le titre.

160. Recueil général des formules usitées dans l'empire des Francs du Ve au Xe siècle, par Eug. de Rozière. *Paris, Aug. Durand*, 1859-1871, 4 vol. in-8 br.

161. Capitularia Regum Francorum edidit Steph. Balusius. *Parisiis, ex typis Quillau*, 1780, 2 vol. in-fol. demi-rel. moderne en mar. rouge, dos orné, tr. peign.

162. De la Féodalité des institutions de saint Louis et de l'Influence de la législation de ce prince, par F.-A. Mignet. *A Paris, chez l'Huillier*, 1822, in-8, demi-rel. v. f.

163. Praxis rerum civilium, autore Jodoco Damhouderio. *Antuerpiæ*, 1569, in-4, p. de tr. (*Reliure datée de* 1573.)

Figures sur bois dans le texte.

164. Le Parlement de Paris, son organisation, ses premiers présidents et procureurs généraux (1334-1860), par Ch. Desmaze. *Paris, Cosse et Marchal*, 1860, in-8, br.

165. Le Conseil de Pierre des Fontaines, ou Traité de l'ancienne jurisprudence française, nouvelle édition publiée d'après un manuscrit du XIIIe siècle par J.-A. Marnier. *Paris, Joubert et Durand*, 1846, in-8 br.

166. Dictionnaire des coutumes. *S. l. n. d.*, in-fol. v. marbr.

Manuscrit du dernier siècle contenant 610 pages. Cet ouvrage est du chancelier Lamoignon, né en 1683, mort en 1772. (*Note ms.*)

167. Traité des loix abrogées et inusitées en toutes les cours, terres, juridictions et seigneuries du royaume de France, par M. Philibert Bugnyon, docteur en droict et advocat en

la séneschaussée présidiale de Lyon. *A Lyon, chez Ch. Pesnot*, 1578, in-4, parch.

168. Texte des coutumes de la prévosté et vicomté de Paris. *Paris*, 1740, in-12, mar. r. fil. tr. dor. (*Anc. rel.*)

169. La Coutume de Paris, mise en vers par G. D. *Paris, de l'imprimerie de Monsieur*, 1787, in-12, mar. r. tr.

Bel exemplaire.

170. Commentaires et Adnotations sur l'édict et ordonnance du Roy pour le bien et authorité de justice et des officiers de Sa Majesté, par Jean Duret. *A Lyon, par Benoist Rigaud*, 1573, in-8, demi-rel. v. ant.

171. Les Édits et Ordonnances des très-chrestiens roys de France François II et Charles IX. *Paris, Jean Dallier*, 1562, in-8, v. ant. (*Petit.*)

172. Discours sur les incompétences et récusations, par Jean Duret. *Lyon, Benoist Rigaud*, 1574, in-8, demi-rel. v. f. (*Capé.*)

Rare. Bel exemplaire de M. Coste.

173. Traité des fiefs, de Dumoulin, analysé et conféré avec les autres feudistes par M. Henrion de Pansey, avocat au Parlement. *Paris*, 1773, in-4, v. marbré.

174. Fragmens d'un catéchisme nouveau, à l'usage de nos seigneurs les présidens et conseillers du Parlement de Paris. *Paris, an 1er de l'hégire du Parlement* (1752), in-12, demi-rel. n. rogné. (*Kœhler.*)

Exemplaire de Coste. Brochure faite à l'occasion des querelles du Parlement avec M. de Beaumont, touchant les billets de confession; elle a été rigoureusement supprimée.

175. Les Loix militaires touchant le duel. Pet. in-12, vélin.

Manuscrit du dix-septième siècle sur vélin.

176. Traité de la dissolution du mariage pour cause d'impuissance, avec quelques pièces curieuses sur le même sujet. *Luxembourg*, 1735, in-8, v. br.

Ce traité est du président Bouhier. Exemplaire du duc de Valentinois, à son chiffre.

177. Traité de la dissolution du mariage pour cause d'impuissance, avec quelques pièces curieuses sur le même sujet, par le président Bouhier. *Luxembourg*, 1735, in-8, veau brun.

Exemplaire de d'Aguesseau.

178. Journal de ce qui s'est passé au Châtelet depuis l'exil des enquêtes et la translation de la grand'chambre à Pon-

toise, le 4 may 1733. (*Manuscrit autographe in-4 de 15 cahiers.*)

N° 3942 du catalogue Monmerqué. Ce journal est de M. Moreau. (*Note manuscrite.*)

179. Établissements et coutumes, assises et arrêts de l'échiquier de Normandie au XIIIe siècle (1207 à 1245), publié par M. A. Marnier. *Paris, Techener*, 1839, in-8 br.

180. De la Sorcellerie et de la Justice criminelle à Valenciennes (XVIe et XVIIe siècles), par Th. Louise. *Valenciennes*, 1861, in-8, br. figures.

181. Traité des inscriptions en faux et reconnaissances d'escritures et signatures par comparaison et autrement, dédié à Mgr de Lamoignon, premier président, par Jacques Raveneau. *Paris*, 1665, in-12, parch.

182. Les Étrangers en France sous l'ancien et le nouveau droit, par M. C.-A. Sapey. *Paris, Joubert*, 1843, in-8, demi-rel. v. f.

183. Thémis, ou Bibliothèque du jurisconsulte, par une réunion de magistrats, de professeurs et d'avocats. *Paris*, 1819 à 1831, 10 vol. in-8, demi-rel. v. f. tr. marbr.

184. Les Œuvres du sieur Du Vair, vivant garde des sceaux de France. *A Rouen, chez Jean-Baptiste Behourt*, 1636, in-8, demi-rel. v. f. tr. peign.

185. Éloge de Jacques Cujas, avec des notes par Bernardi. *Paris*, 1775, in-12, mar. r. fil. tr. sup. dor. n. rogné.

Très-rare.

186. Œuvres complètes de J. Domat, publiées par Joseph Remy, jurisconsulte. *Paris*, 1828, 4 vol. in-8, demi-rel. v. rouge.

Exemplaire provenant de la bibliothèque du roi Louis-Philippe, avec ses initiales couronnées sur le dos des volumes.

187. Œuvres de Pothier, contenant les traités du droit français, nouvelle édition, mise en meilleur ordre et publiée par les soins de M. Dupin, procureur général près la cour de cassation. *Paris, Alph. Leclère, s. d.*, 11 vol. in-8, demi-rel. chagr. vert, tr. jaspée.

188. Institutes coutumières d'Antoine Loysel, avec les notes d'Eusèbe de Laurière, nouvelle édition publiée par MM. Dupin et M. Ed. Laboulaye. *Paris, Durand*, 1846, 2 vol. in-12, demi-rel. v. f.

189. Œuvres choisies de Servan, avocat général de Grenoble; nouvelle édition publiée par X. des Portets. *Paris*, 1825, 3 vol. — Œuvres inédites, 2 vol. — Ens. 5 vol. in-8 br.

190. Œuvres de N.-F. Bellart. *Paris, J. Brière*, 1827-28, 6 vol. in-8, demi-rel. v. viol. tr. marbr.

191. La Practique judiciaire, tant civile que criminelle, reçue et observée par tout le royaume de France, composée par M. Jean Imbert, lieutenant criminel au siége royal de Fontenay-le-Comte, illustrée et enrichie de plusieurs doctes commentaires, etc., par M. Pierre Guenois, conseiller du roy, et M. Bernard Automne, avocat au Parlement de Bordeaux. *A Paris, chez Robert Flouet*, 1621, fort vol. in-4, demi-rel. mar. brun la Vall. tr. rouge. (*Reliure moderne.*)

192. Anti-Tribonian, ou Discours d'un grand et renommé jurisconsulte de nostre temps sur l'estude des loix (par Fr. Hotman). *Paris, Jérémie Périer*, 1603, pet. in-8, demi-rel.

193. Histoire critique des institutions judiciaires de la France, de 1789 à 1848, par M. Hiver, ancien magistrat. *Paris, Joubert*, 1848, in-8 br.

194. Ordonnances royaux sur le fait de la justice et authorité d'icelle, faites par les rois François Ier du nom, Henri II, François II, Charles IX, Henri III, Henri IV et Louis XIII. *A Rouen, chez la veuve Daré*, 1620, 2 tomes en 1 vol. in-18, mar. rouge, fil. tr. dor. (*Rel. anc.*)

195. Le Livre des droiz et des commandemens d'offices de justice, publié d'après le manuscrit inédit de la bibliothèque de l'Arsenal, par G.-J. Beautemps-Beaupré. *Paris, A. Durand*, 1665, 2 vol. in-8 br.

196. La Nouvelle Pratique civile, criminelle et bénéficiale, ou le Nouveau Praticien françois, par feu M. Lange, ancien avocat au Parlement. *Paris*, 1755, 2 vol. in-4, v. marbré.

197. Traicté des peines et amendes, tant pour les matières criminelles que civiles, par Jean Duret. *A Lyon, par Benoist Rigaud*, 1571, pet. in-8, v. f. fil.

198. Le Prévost de l'hostel et grand prévost de France, avec les édicts, arrêts, règlements et ordonnances concernant sa juridiction. *Paris, Pierre Chevalier*, 1615, in-8, cart. rogn.

199. Les Reliefs Forenses de Me Sebastian Roulliard. *Paris*, 1610, in-4, demi-rel.

200. Opuscules et divers Traictez de maistre Pierre Ayrault. 1598, pet. in-8, demi-rel.

201. Recueil des arrêts de monsieur le premier président de Lamoignon. 2 vol. in-fol. vélin.

Manuscrit du dix-septième siècle.

202. Harangues de M. de Lamoignon. 2 vol. in-4, v. (Aux armes de Machault.)

Vente de Monmerqué, 3920.

203. Journal de M. d'Ormesson, maître des requêtes, contenant ce qui s'est passé à la chambre de justice pendant les années 1661-1666. Grand. in-fol. v. marbre.

Copie manuscrite du temps. Ce volume a appartenu à M. de Monmerqué, qui y a ajouté plusieurs notes, une lettre de M. Chéruel et deux lettres de M. Floquet, le tout relatif à ce manuscrit et au procès de Fouquet.

204. Les Grands Jours tenus à Paris, par M. Muet, lieutenant du petit criminel. *S. l.*, 1622, pet. in-8, v. f. (*Anc. rel.*)

Curieuse facétie.

205. Practique judiciaire ès causes criminelles, très-utile et nécessaire à tous baillis, prévôts, séneschaux, escoulettes, maires, drossartz et autres justiciers et officiers de toutes provinces, auteur messire Josse de Damhoudère, chevalier, docteur ès droitz. *En Anvers, chez Jehan Bellire, sous l'Aigle d'or*, 1564, in-4, figures sur bois, demi-rel. moderne, mar. brun.

206. Praxis rerum criminalium iconibus materiæ subjectæ convenientibus illustrata, authore Damhouderio. *Antuerpiæ*, 1562, in-4, demi-rel. c. de Russie, figures.

207. Praxis rerum criminalium à J. Damhouderio. *Antuerpiæ*, 1570, in-4, demi-rel. v. *figures*.

208. Les Loix criminelles de France dans leur ordre naturel, dédiées au roi par M. Muyart de Vouglans. *Paris*, 1780, in-fol. v. antiq.

209. Registre criminel du Châtelet de Paris, publié pour la première fois par la Société des bibliophiles français. *Paris, Techener et Potier*, 1861, 2 forts vol. in-8, br.

210. Almanach nouveau du Palais pour l'an de grâce 1783. *Troyes, Robert Garnier, s. d.*, pet. in-8, demi-rel. v. f.

---

211. Commentaires sur les lois anglaises, par W. Blackstone, avec des notes de M. Ed. Christian, traduits de l'anglais par N.-M. Chompré. *Paris, Bossange*, 1822-23, 6 vol. in-8, demi-rel. v. fauve.

III. DROIT CIVIL.

212. Recueil complet des travaux préparatoires du Code civil, par P.-A. Fenet. *Paris, Videcoq*, 1836, 15 vol. in-8, demi-rel. v. rose, fil. tr. marbr.

213. Discours, rapports et travaux inédits sur le Code civil, par J.-E.-M. Portalis. *Paris, Joubert*, 1844, in-8, mar. r. fil. tr. dor.

On a ajouté à cet exemplaire une lettre autographe signée de M. J.-M. Portalis.

214. Les Codes français collationnés sur les éditions officielles, par Louis Tripier. *Paris, Cotillon*, 1850, in-4, demi-rel. mar. rouge, tr. jasp.

215. Codes et Lois usuelles classées par ordre alphabétique, par MM. Aug. Roger et Alex. Sorel. *Paris, Garnier, fr.*, 1866, fort vol. in-8, br.

216. Collection complète des lois, décrets, ordonnances, règlements, avis du conseil d'Etat (de juillet 1788 à 1874), par J.-B. Duvergier. *Paris, Guyot et Scribe*, 1834-1874, 74 vol. — Tables, 2 vol. — Ens. 76 vol. in-8, demi-rel. v.

217. Recueil général des lois et arrêts, avec notes et commentaires, rédigé par L.-M. Devilleneuve et A.-A. Carette (1791-1841). *Paris*, 1841-43, 20 vol. in-4, texte à 3 col. demi-rel. chagr. noir, tr. jasp.

218. Jurisprudence générale, recueil périodique et critique de jurisprudence, de législation et de doctrine en matière civile, commerciale, criminelle, administrative et de droit public, par M. Dalloz aîné et Arm. Dalloz. *Paris*, 1845 à 1876, 32 vol. in-4, br.

A partir de 1866, les années sont en livraisons. Collection bien complète.

219. Répertoire méthodique et alphabétique de législation, de doctrine et de jurisprudence, par MM. D. Dalloz aîné et Arm. Dalloz. *Paris*, 1846-1864, 44 tomes en 50 vol. in-4, broché.

Le tome 1er est en deux parties.

220. Jurisprudence du XIXe siècle, ou Table décennale du recueil général des lois et des arrêts de 1831 à 1840, par L.-M. Devilleneuve. *Paris*, 1841, in-4, demi-rel. v. f.

221. Jurisprudence du XIXe siècle, ou Table tricennale du *Recueil général des lois et des arrêts*, par MM. Sirey et de Villeneuve. *Paris*, 1834, fort. vol. in-4, bas.

222. Cours de droit civil français, traduit de l'allemand de M. C.-S. Zachariæ, par MM. C. Aubry et C. Rau. *Strasbourg, F. Lagier*, 1843-1846, 5 vol. in-8, demi-rel. v. vert.

223. Manuel complémentaire de Codes français et de toutes les collections des lois antérieures à 1789 et restées en vigueur, par J.-B. Pailliet. *Paris, Alph. Delhomme*, 1846, 2 vol. in-8, br.

224. Le Droit civil expliqué suivant l'ordre des articles du code, par M. Troplong. *Paris, Ch. Hingray*, 1850, 23 vol. in-8, demi-rel. v. f.

Contrat de mariage, 4 vol. — Contrat de société, 2 vol. — Échange et Louage, 3 vol. — De la Vente, 2 vol. — Privilége et Hypothèques, 4 vol. — De la Prescription, 2 vol. — Contrainte par corps, 1 vol. — Nantissement, Gage, 1 vol. — Dépôts, Contrat aléatoire, 1 vol. — Du Prêt, 1 vol. — Du Mandat, 1 vol.

225. Dictionnaire général et raisonné de législation, de doctrine et de jurisprudence en matière civile, commerciale, criminelle, administrative et de droit public, par Arm. Dalloz jeune. *Paris*, 1835-1842, 5 vol. in-4, texte à 3 colonnes, plus 1 vol. de table chronologique, demi-rel. chagr. vert.

226. Programme du cours de droit civil français fait à l'École de Paris, par A.-M. Demante. *Paris, Alex. Gobelet*, 1835, 3 vol. in-8, br.

227. Théorie de la procédure civile, précédée d'une introduction par M. Boncenne, continuée par M. O. Bourbeau. *Paris, Videcoq*, 1837-1847, 6 vol. in-8, demi-rel. v. fauve.

228. Leçons sur le Code de procédure civile, par Boitard, professeur suppléant à la faculté de droit de Paris, publiées par Gustave de Linage. *Paris, Gustave Thorel*, 1841, 2 vol. in-8, demi-rel. v. f.

229. Dictionnaire de procédure civile et commerciale, par M. Bioche. *Paris, Videcoq père et fils*, 1845, 6 vol. in-8, demi-rel. v. vert.

230. La Procédure civile des tribunaux de France démontrée par principes et mise en action par des formules, par M. Pigeau. *Paris, J.-B. Garnery*, 1833, 2 vol. in-4, demi-rel. v. bleu.

231. Du Droit nobiliaire français au dix-neuvième siècle, par Alfr. Lévesque. *Paris, H. Plon*, 1866, in-8, br.

232. Commentaire, traité théorique et pratique des priviléges et hypothèques mis en rapport avec la loi sur la transcription, par P. Pont. *Paris, Cotillon*, 1856, 1 tome en 2 vol. in-8, demi-rel. chagr. vert, tr. jasp.

233. Traité du contrat de mariage et des droits respectifs des époux, par MM. Rodière et P. Pont. *Paris, Cotillon*, 1847, 2 vol. in-8, demi-rel. v. fauve.

234. Traité des donations, des testaments et de toutes autres dispositions gratuites suivant les principes du Code civil, par M. le baron Grenier. *Clermont-Ferrand, Thibaud-Landriot*, 1826, 2 vol. in-4, demi-rel. v. viol.

235. Commentaire sur la loi des successions formant le titre premier du livre troisième du Code civil, par Chabot (de l'Allier), nouvelle édition, publiée par A. Mazerat, docteur en droit. *Paris, Durand et Videcoq,* 1839, 2 vol. in-8, demi-rel. v. f.

236. Traité des délits et contraventions de la parole, de l'écriture et de la presse, par M. Chassan, avocat général. *Paris et Colmar,* 1837, 3 vol. in-8, demi-rel. v. fauve.

237. Commentaire sur la loi des actes de l'état civil, par M. C. Rieff, avocat général. *Colmar et Paris*, 1837, in-8, demi-rel. v. viol.

238. De la Preuve par comparaison d'écritures, par Philippe de Renusson. *Paris*, 1700, in-12, demi-rel. mar.

239. De l'Origine de la signature et de son emploi au moyen âge, principalement dans les pays de droit écrit, avec quarante-huit planches, par M. C. Guigue. *Paris*, *Dumoulin*, 1863, in-8, br.

240. Ordonnances sur requêtes et sur référés, selon la jurisprudence du tribunal de première instance du département de la Seine, formules et observations par M. de Belleyme. *Paris, Cosse et Marchal*, 1855, 2 vol. in-8, br.

241. Traité de la compétence des juges de paix, par M. Curasson, jurisconsulte. *Dijon*, *V. Lagier*, 1841, 2 vol. in-8, demi-rel. v. f.

242. Traité de la compétence générale des juges de paix et de leurs diverses attributions en matière civile et de procédure, suivi d'un formulaire par J.-L. Jay. *Paris, Aug. Durand*, 1864, gr. in-8, demi-rel. mar. bleu, tr. jasp.

243. De la Discipline des cours et tribunaux du barreau et des corporations d'officiers publics, par Achille Marin. *Paris, Joubert*, 1847, 2 tomes en 1 vol. in-8, demi-rel. v. bleu.

244. Chambre du conseil en matière civile et disciplinaire, jurisprudence du tribunal de la Seine par M. Bertin, introduction par M. Debelleyme. *Paris*, 1853, 2 vol. gr. in-8, broché.

Exemplaire interfolié annoté.

245. Chambre du Conseil en matière civile et disciplinaire, jurisprudence de la cour et du tribunal de Paris, par M. Bertin, introduction par M. Debelleyme. *Paris, Aug. Durand,* 1856, 2 vol. in-8, br.

246. La Vie d'un notaire, allocution intime prononcée dans la séance de clôture du 13 mai 1875, par Me Thomas. *Paris*, 1875, gr. in-8, vélin.

247. Traité de la police, où l'on trouvera l'histoire de son établissement, les fonctions et les prérogatives de ses magistrats, toutes les loix et tous les règlements qui la concernent; on y a joint une description historique et topographique de Paris et huit plans gravez qui représentent son ancien état et ses divers accroissements, par M. Delamare. *Paris, chez Michel Brunet*, 1722, 4 vol. in-fol. v. brun.

248. Histoire de l'administration de la police de Paris depuis Philippe-Auguste jusqu'aux états généraux de 1789, par M. Fregier. *Paris, Guillaumin*, 1850, 2 vol. in-8, br.

249. Ordonnance du Roy sur le reiglement des hosteliers, taverniers et cabaretiers de son royaume et prix des vivres en chascune saison de l'année. *Paris, Robert Estienne*, 1563, in-12, v. f. fil. tr. dor. (*Kœhler.*)

250. Traité général de droit administratif appliqué, par Gabriel Dufour. *Paris*, 1868, 5 vol. in-8, br.

251. Traité des Droits d'enregistrement de timbre et d'hypothèques, etc., par MM. Championnière et Rigaud. *Paris, Ch. Hingray*, 1839-1841, 5 vol. in-8, demi-rel. v. vert.

IV. DROIT CRIMINEL.

252. Jurisprudence criminelle du Royaume, recueil périodique rédigé par Adolphe Chauveau et par plusieurs avocats à la Cour royale de Paris. *Paris, J. Tastu*, 1829 (1re année) à 1872, 44 vol. (formant 44 années) in-8, demi-rel. v. f.

253. Traité de la Législation en France, dédié à Sa Grandeur Mgr Dambray, chancelier de France, par J.-M. Le Graverend. *Paris*, 1830, 2 vol. in-4, demi-rel. v. fauve.

254. Les Codes criminels interprétés par la jurisprudence et la doctrine, suivis du Formulaire de la chambre des mises en accusation et de la cour d'assises, du Code des lois sur la presse, etc., par M. Rolland de Villargues. *Paris, Maresq aîné*, 1869, gr. in-8, br.

255. Traité de Droit pénal, par M. P. Rossi, *Paris, Sautelet et Alex. Mesnier*, 1829, 3 vol. in-8, demi-rel. v. viol.

256. Code pénal progressif; commentaire sur la loi modificative du Code pénal, par M. Adolphe Chauveau. *Paris*, 1832, in-8, demi-rel. v. viol.

257. Traité du Droit criminel appliqué aux actions publique et privée qui naissent des contraventions, des délits et des crimes, par Achille-François Le Sellyer. *Paris, Gustave Thorel*, 1844, 6 vol. in-8, demi-rel. v. f.

258. Traité de l'Instruction criminelle, ou Théorie du Code de l'Instruction criminelle, par M. Faustin Hélie. *Paris, Ch. Hingray*, 1845-1860, 9 vol. in-8, demi-rel. chagr. bleu.

Le tome IX est broché.

259. Mangin. — Traité de l'Action publique et de l'Action civile en matière criminelle, 2 vol. — L'Instruction écrite et du Règlement de la compétence en matière criminelle, 2 vol. — Traité des Procès-verbaux en matière de délits et de contravention. *Paris, Nève*, 1839-1847, 5 vol. in-8, demi-rel. v. f.

260. Codes d'instruction criminelle et pénal, annotés par MM. Teulet, d'Auvilliers et Sulpiey. *Paris*, 1850, in-4, texte à 3 col. demi-rel. mar. noir, tr. jasp.

Exemplaire interfolié de papier blanc.

261. Traité de la Procédure des tribunaux criminels, par Ch. Berriat-Saint-Prix. — Tribunaux de simple police, 1 vol. — Tribunaux correctionnels. 2 vol. *Paris, Cosse*, 1851-54. Ens. 3 vol. in-8, demi-rel. v.

262. Théorie du Code pénal, par M. Chauveau (Adolphe) et M. Faustin Hélie. *Paris, Cosse et Marchal*, 1861-63, 6 vol. in-8, demi-rel. chagr. noir. tr. jasp.

263. Théorie du Code pénal, par Chauveau Adolphe et Faustin Hélie. *Paris, Alex. Gobelet, s. d.*, 8 vol. in-8, demi-rel. v. vert.

264. Les Lois pénales de la France en toutes matières et devant toutes les juridictions, exposées dans leur ordre naturel, avec leurs motifs, par Eugène Mouton. *Paris, Cosse et Marchal*, 1868, 2 vol. gr. in-8, br.

265. Traité de la Diffamation, de l'injure et de l'outrage, par M. Th. Grellet-Dumazeau. *Riom et Paris*, 1847, 2 tomes en 1 vol. in-8, demi-rel. v. viol.

266. De la Peine de mort en matière politique, par F. Guizot. *Paris*, 1822, gr. in-8, demi-rel. v. vert. n. rog.

Exemplaire annoté sur les marges, provenant de la bibliothèque du roi Louis-Philippe, avec son chiffre et ses armes sur le dos de la reliure.

267. Table analytique des Arrêts de la cour de cassation rendus en matière criminelle depuis le 1er janvier 1857 jusqu'au 31 décembre 1873), rédigée par M. Em. Duchesne. *Paris, Impr. nationale*, 2 vol. in-4, br.

Exemplaire en grand papier.

V. CAUSES CÉLÈBRES, PLAIDOYERS.

268. Causes amusantes et connues. *A Berlin*, 1769, 2 vol. in-12, figures, v. antiq. marbr.

269. Récit particulier et véritable du Procès criminel du mareschal de Biron, composé par messire Jacques de La Guesles (in-fol. 86 pages). — Relation de la mort de MADAME DE BRINVILLERS, par M. Pirot (manuscrit du temps), 150 pages in-fol. (*Collegii Parisiensis, soc. Jesu.*) — Question royale et sa décision, par Duvergier de Hauranne (Copie manuscrite), 3 part. en 1 vol. in-fol. demi-rel.

La relation de la mort de Mme de Brinvilliers est très-curieuse et n'a jamais été imprimée.

270. Procez criminel de François Ravaillac, 1610, in-4, br.

271. Procez des duc d'Orléans, Guise et Bouillon, comte de Soissons, Cinq-Mars et de Thou (1633-1642), in-fol. demi-rel.

272. Mémoire de M. Calas, 2 pièces. — Histoire d'Élisabeth Canning et de Jean Calas, 4 pièces. *Paris*, 1762, in-8, v. antiq. marbr.

273. Vie privée et criminelle d'Antoine-François Desrues. *A Avignon, et se trouve à Paris, chez Cailleau*, 1777, in-12, figures, v. antiq. marbr.

274. Plaidoyer pour le sieur de Vissery de Bois-Valé, appelant d'un jugement des échevins de Saint-Omer, qui avait ordonné la destruction d'un paratonnerre élevé sur sa maison. *S. l. n. d.*, plaq. in-8, de 100 pages.

Très-rare, imprimé à Paris, en 1783, acheté à la vente de M. de Monmerqué, nº 418.

Discours qui commença à faire connaître Robespierre comme avocat; il gagna le procès en mai 1783. Voir à la fin du livret.

J'ai trouvé cette petite curiosité le 26 juin 1854. (*Note autogr. de M. de Monmerqué.*)

275. Enquête parlementaire sur l'Insurrection du 18 Mars. — Déposition des témoins. — Rapports. — *Paris, Germer-Baillière*, 1872, 2 vol. in-4, br.

276. Règles de la profession d'avocat, par M. Mallot. *Paris, Durand*, 1866, 2 vol. in-8, brochés.

277. Profession d'avocat. — Recueil de pièces concernant l'exercice de cette profession, par M. Dupin aîné. — 2e partie, Bibliothèque choisie des livres de droit qu'il est le plus utile d'acquérir et de connaître, par M. Camus. *Paris*, 1832, 2 vol. in-8, demi-rel. v. f.

278. Leçons et modèles d'éloquence judiciaire, par M. Berryer, avocat et membre de la chambre des députés, édition illustrée. *Paris, J. L'Henry*, 1838, gr. in-8. br.

279. Mes Souvenirs du barreau depuis 1804, par M. J. Bonnet. *Paris, chez Durand*, 1864, in-8, br.

280. Questions illustres, ou Bibliothèque de livres singuliers en droit. *Paris*, 1813. in-12, demi-rel.

281. Choix des Plaidoyers et Mémoires de Dupin aîné. *Paris, Warée*, 1823. in-8, demi-rel.

Exemplaire du roi Louis-Philippe.

282. Souvenirs de M. Berryer, doyen des avocats de Paris (de 1774 à 1838). *Paris, Ambr. Dupont*, 1839, 2 vol. in-8, brochés.

VI. DROIT ECCLÉSIASTIQUE.

283. Institution au droit ecclésiastique, par M. l'abbé Fleury, prêtre, prieur d'Argenteuil, nouvelle édition, revue et augmentée par M. Boucher d'Argis. *A Paris, chez Hérissant fils*, 1767, 2 vol. in-12, v. ant. marbr.

284. Discours, rapports et travaux inédits sur le Concordat de 1801, par Portalis. *Paris, Joubert*, 1845, in-8, demi-rel. v. ant.

285. Précis historique et analytique des pragmatiques, concordats, déclaration, constitution, convention et autres actes relatifs à la discipline de l'Église en France, depuis saint Louis jusqu'à Louis XVIII, par Gabriel Peignot. *Paris, Ant.-Aug. Renouard*, 1817, in-8, demi-rel. mar. vert.

286. Bullæ Sanctorum pontificum....., in-fol. gothique, v.

Manuscrit du seizième siècle sur papier, aux armes de Lamoignon (il provient de M. Boulard, t. IV, page 133, et de M. de Monmerqué).

287. Practica Cancellariæ apostolicæ, cum stylo et formis in Romana Curia usitatis. *Lugd.*, 1546, pet. in-8. mar. br. fil. tr. dor. (*Capé.*)

Exemplaire portant sur le feuillet de garde la signature de Cl. Joly, et de nombreuses notes de sa main.

288. Statuta ordinis Cartusiensis, à domino Guigone, priore Cartusie, edita. *Basileæ*, 1510, 5 part. en 1 vol. in-fol. gothique, figures, reliure en bois.

La cinquième partie, contenant les priviléges de l'ordre des Chartreux, manque souvent. Ouvrage très-rare que les Chartreux supprimèrent avec soin.

SCIENCES ET ARTS.

289. Plutarchi Cheronei de placitis philosophorum libri a G. Budeo latine facti. *Venundantur Parrhisiis*, 1505, pet. in-4, demi-rel. mar. r.

Exemplaire non rogné.

290. M. Tullii Ciceronis Cato major. *Lutetiæ, Barbou*, 1758, pet. in-12, maroquin vert, dent. tr. dor. (*Ancienne reliure.*)

Édition en petits caractères, texte encadré. Portrait de Cicéron par Ficquet.

291. Marci Tullii Ciceronis de Officiis, cum J. Badii textus explanatione. *Lugduni*, 1510, in-4, goth. demi-rel.

Raccommadage au titre.

292. La République de Cicéron, d'après le texte inédit récemment découvert et commenté par M. Mai, avec une traduction française, un discours préliminaire et des dissertations historiques, par M. Villemain. *Paris, Michaud*, 1823, 2 vol. in-8, *figure et fac-simile*, v. rose, dent, tr. dor. marbr.

293. Magistri sententiarum textus. *S. l. n. d.*, in-fol. rel. en bois.

Manuscrit du quinzième siècle sur vélin, composé d'environ cent cinquante feuillets.

294. Johannis Pithsani liber de Oculo morali. *S. l. n. d.*, in-fol. gothique, demi-rel. c. de R.

295. Speculum vitæ humanæ. (Ad finem :) *Romæ impressus est hic liber in domo Phillipi de Ligerami*, 1473, in-fol. vélin.

296. De l'État des sciences dans l'étendue de la monarchie françoise sous Charlemagne, par l'abbé Lebeuf. *Paris. J. Guérin*, 1734, in-12, v.

297. Recherches sur l'auteur des épitaphes de Montaigne, lettres à M. le Dr J.-P. Payen, par Reinhold Dezeimeris. *Paris, Aug. Aubry*, 1861, in-8, br.

298. De la Sagesse, trois livres, par Pierre Charron. *De l'imprimerie de Didot l'aîné. Paris, Barrois*, 1789, 3 tomes

en 1 vol. in-12, demi-rel. mar. bl. sup. dor. n. rogné. (*Lanne.*)

Exemplaire en papier vélin.

299. Les Caractères de la Bruyère, avec 18 gravures à l'eau-forte, par V. Foulquier. *Tours, Alfred Mame*, 1867, in-4, broché.

Exemplaire en grand papier de Hollande.

300. Les Caractères ou les Mœurs de ce siècle, par la Bruyère, avec notes par Destailleurs. *Paris, P. Jannet*, 1854, 2 vol. in-12, maroq. r. tr. dor.

301. Sentiments critiques sur les Caractères de Monsieur de la Bruyère. *Paris, Michel Brunet*, 1701, in-12, v. ant. tr. dor. (*Simier.*)

Attribué à l'abbé de Villiers. Exemplaire de Walckenaer.

302. La Comédie de J. de la Bruyère, par Édouard Fournier. *Paris, E. Dentu*, 1866, 2 vol. in-12, br.

303. Réflexions, Sentences et Maximes morales de la Rochefoucauld, avec des notes par G. Duplessis et une préface par Sainte-Beuve. *Paris, Jannet*, 1853, in-12, mar. r. jans. tr. dor.

304. Œuvres complètes de Vauvenargues. *Paris, Brière*, 1821, 3 vol. in-8, demi-rel. mar. n. rog.

Exemplaire en grand papier vélin.

305. Pensées, Essais, Maximes et Correspondance de J. Joubert, recueillis et mis en ordre par P. Raynal. *Paris*, 1850, 2 vol. in-8, br. (portrait.)

306. Discipline de Clergie, traduction de l'ouvrage de Pierre Alphonse. *Paris*, 1824. — Le Chastoiement d'un père à son fils, traduction en vers françois de l'ouvrage de Pierre Alphonse. *Paris*, 1824, 2 part. en 1 vol. pet. in-8, papier de Hollande, chagrin, non rogné.

307. Histoire de l'instruction publique en Europe et principalement en France depuis le christianisme jusqu'à nos jours, universités, colléges, écoles des deux sexes, académies, bibliothèques publiques, etc., par Vallet de Viriville. *Paris*, 1849-52, br. *figures et planches de blason en coul.*

308. Le Triomphe des Femmes, tiré de plusieurs auteurs. *Chalon, chez Antoine de Lespinasse, s. d.*, in-12, 10 p. et 1 f. pour les marques, demi-rel. v.

309. Cy commence une petite Instruction et Manière de vivre pour une femme séculière, comment elle se doit con-

duire en pensées, en paroles et œuvres. *Imprimé à Paris, pour Guillaume Merlin, libraire juré, s. d.*, in-12, demi-rel. v. f.

Impression gothique, figures sur bois.

310\. Le Ménagier de Paris, traité de morale et d'économie domestique, composé vers 1393, par un Bourgeois parisien. *Paris, de l'imprimerie de Crapelet*, 1846, 2 vol. in-8, demi-rel. mar. r. avec coins, tête dor. n. rogn. (*Capé.*)

311\. Des Classes dangereuses de la population dans les grandes villes, et des moyens de les rendre meilleures, par H.-A. Fregier. *Paris, J.-B. Baillière*, 1840, 2 vol. in-8, cart.

312\. Le Pornographe, ou Idées d'un honnête homme sur un projet de règlement pour les prostituées. *Londres*, 1769, in-8, vélin.

313\. Jérôme Paturot à la recherche d'une position sociale, par Louis Reybaud, édition illustrée par Granville. *Paris, Dubochet*, 1846, gr. in-8, figures, cartonné.

314\. Considérations politiques sur les coups d'État, par Gabr. Naudé. *Sur la copie de Rome (à la Sphère)*, 1667, in-12, veau fauve.

315\. Traité du Gouvernement civil, par M. Locke, traduit de l'anglais. *Paris, an IVe de la République française*, in-4, v. fauve, fil. tr. dor.

Un des 30 exemplaires tiré en grand papier vélin.

316\. Œuvres de Turgot. *Paris, Guillaumin*, 1844, 2 vol. in-8, pap. fort, demi-rel. mar. r. avec coins. (*Trantz-Bauzonnet.*)

Très-bel exemplaire.

317\. Essai sur l'appréciation de la fortune privée au moyen âge relativement aux variations des valeurs monétaires, et du pouvoir commercial de l'argent, par M. C. Leber. *Paris, Guillaumin*, 1847, in-8, br.

Envoi autographe de M. C. Leber à M. le baron Walckenaer.

318\. Mémoires d'un Ministre du trésor public (1780-1815) (par Mollien). *Paris, H. Fournier*, 1855, 4 vol. in-8, br.

Exemplaire auquel est ajouté un portrait de l'auteur et une lettre autographe signée du même au duc de Gaëte.

319\. Des Institutions de crédit foncier et agricole dans les divers États de l'Europe, nouveaux documents recueillis par ordre de M. Dumas, ministre de l'agriculture, et publiés par M. J.-B. Josseau. *Paris, Impr. nationale*, 1851, gr. in-8, br.

320. Habentur hoc volumine hæc, Theodoro Gaza interprete : Aristotelis de natura animalium. Ejusdem de partibus animalium..... *Venetiis, in ædibus Aldi*, 1504, in-folio, demi-rel. maroquin.

Exemplaire conforme à la description de Renouard. *Annales des Alde.*

321. Histoire philosophique et médicale de la femme, considérée dans toutes les époques principales de la vie, par le docteur Menville de Ponsan, *Paris, J.-B. Baillière*, 1858, 3 vol. in-8, br.

322. De la Santé des gens de lettres, suivi de l'Essai sur les Maladies des gens du monde, par Tissot, *Paris, Techener*, 1859, in-12, br.

323. Régime des eaux, ou Traité des eaux de la mer, des fleuves, rivières navigables et flottables, et autres eaux de toute espèce, par F.-X.-P. Garnier. *Paris*, 1849, 4 tomes en 2 vol. in-8, demi-rel. v. viol.

324. Description de la Fontaine minérale de Chenay, par Nic. Abraham, sieur de la Framboisière. *Reims, Brissart-Binet*, 1855, pet. in-12, demi-rel. mar. r.

Réimpression faite à 100 exemplaires.

325. Arthur Mangin. — Les Jardins, histoire et description, dessins par Anastasi, Daubigny, V. Foulquier, etc. *Tours, Alf. Mame*, 1867, in-4, cart.

326. Le Point du jour, ou Traicté du commencement des jours, de feu Nicolas Bergier. *A Reims, chez Nicolas Hécart*, 1629, pet. in-8, vélin.

Rare. Le privilége est remonté. Le but de l'auteur est de prouver l'utilité de fixer un point où commencerait le jour pour éviter toute contestation sur le moment de la célébration des fêtes dans le monde catholique.

327. Entretiens sur la Pluralité des mondes, par Fontenelle. *Dijon, an II*, in-12, demi-rel. mar.

328. Œuvres de François Arago, secrétaire perpétuel de l'Académie des sciences, publiées d'après son ordre sous la direction de M. J.-A. Barral. *Paris et Leipzig*, 1854-1857, 12 vol. in-8, br.

Astronomie populaire, 4 vol. — Notices scientifiques, 5 vol. — Notices biographiques, 3 vol.

330. Études sur la marine. *Paris, Michel Lévy*, 1859, in-8, demi-rel. mar. bl. tr. sup. dor. n. rog.

331. Livre d'or des métiers, par Paul Lacroix et Ferdinand Séré. *Paris, Delahays*, 1850-1858, 7 part. gr. in-8, br. figures.

Histoire de la Charpenterie, — de la Coiffure, — des Cordonniers, — de la Bijouterie, — des Hôtelleries, — de l'Imprimerie.

332. Les Rêveries, ou Mémoires sur l'art de la guerre, de Maurice, comte de Saxe, par M. de Bonneville, capitaine-ingénieur. *A la Haye, chez Pierre Gosse*, 1756, in-fol. figures, v. brun.

333. Histoire artistique, industrielle et commerciale de la Porcelaine, par Albert Jacquemart et Edmond Le Blant, enrichie de 26 planches gravées à l'eau-forte par Jules Jacquemart. *Paris, J. Techener*, 1861, 3 part. en 3 vol. pet. in-fol. br.

334. Recherches historiques sur les cartes à jouer, par Bullet. *Lyon*, 1757, pet. in-8, v. ant. fil. tr. dor.

335. Études historiques sur les cartes à jouer (par Leber). *S. l. n. d.*, in-8. — Sur d'anciennes Cartes à jouer, par le baron de Reiffenberg. — Notices bibliographiques sur les cartes à jouer, par G. Brunet de Bordeaux. *Paris, Techener*, 1842. — 3 part. en 1 vol. in-8, demi-rel. mar. r. tr. sup. dorée, n. rog.

Tirages à part à quelques exemplaires; il y a 4 planches, dont 3 en couleurs, dans le premier opuscule, et une planche dans la seconde dissertation.

336. Histoire philosophique, politique et religieuse de la barbe chez les principaux peuples de la terre, depuis les temps les plus reculés jusqu'à nos jours, par le Dr Philippe. *Paris et Reims*, 1845, in-8, br.

On a ajouté à cet exemplaire 12 affiches-annonces de cet ouvrage.

BEAUX-ARTS

337. Gazette des Beaux-Arts, 16 numéros dépareillés en livr. gr. in-8, br.

15 septembre 1860. — Août, septembre, octobre et décembre 1868. — Janvier à juillet, novembre et décembre 1869. — Janvier 1870, — et Annuaire 1870-72.

338. Quelques Idées sur la direction des arts et sur le maintien du goût public, par le comte de Laborde. *Paris, Impr. impériale*, 1856, gr. in-8, demi-cart. percal. n. rogné.

339. Le Livre des peintres et graveurs, par Mich. de Marolles, abbé de Villeloin, nouvelle édition, revue par Georges Duplessis. *Paris, P. Jannet*, 1855, in-12, cart. perc. rouge, n. rogné.

340. Mémoires pour servir à l'histoire de l'Académie royale de peinture et de sculpture, depuis 1648 jusqu'en 1664, publiés pour la première fois par Anatole de Montaiglon. *Paris, Jannet*, 1853, 2 vol. in-12, mar. r. jans. tr. dor. (*Capé.*)

341. Histoire des peintres de toutes les écoles, depuis la Renaissance jusqu'à nos jours, par Ch. Blanc. *Paris, Renouard*, 1863, environ 200 liv. in-4, en ff.

342. Dictionnaire historique des peintres de toutes les écoles, depuis l'origine de la peinture jusqu'à nos jours, par Ad. Sirey. *Paris, A. Lacroix*, 1766, gr. in-8, br.

343. Raphaël et l'Antiquité, par P.-A. Gruyer, *Paris, veuve J. Renouard*, 1864, 2 vol. in-8, br.

344. Essai sur les fresques de Raphaël au Vatican, par F.-A. Gruyer. — Chambres et Loges. *Paris, veuve J. Renouard*, 1859, 2 vol, in-8, br.

345. Œuvres de Jean Holbein, ou Recueil de gravures d'après ses plus beaux ouvrages, accompagné d'explications historiques et critiques et de la vie de ce fameux peintre, par Chrétien de Mechel. *Basle*, 1780, in-fol. demi-rel. mar. vert.

Exemplaire portant le cachet de la bibliothèque du château de Neuilly.

346. Recueil de charges et de têtes de différens caractères, gravées à l'eau-forte d'après les dessins de Léonard de Vinci, précédé d'une lettre de M. Mariette sur ce peintre

florentin. *Paris, Ch.-Ant. Jombert*, 1767, in-4, planches, v. antiq. marbr. (*Armoiries sur les plats.*)

347. Albert Dürer, sa vie et ses œuvres, par Em. Galichon. *Paris, J. Claye*, 1860, gr. in-8, br. Figures.

348. L'Œuvre de Rembrandt décrit et commenté par M. Charles Blanc, membre de l'Institut, catalogue raisonné de toutes les estampes du maître et de ses peintures, orné de bois gravés, de 40 eaux-fortes par Flameng, 35 héliogravures par Arm. Durand. *Paris, A. Lévy*, 1873, 2 vol. in-4, br.

349. Catalogue raisonné de toutes les estampes qui forment l'œuvre de Rembrandt et des principales pièces de ses élèves, par M. le chevalier de Claussin. *Paris, Firmin*, 1824. — Supplément, 1828. Ens. 2 vol. in-8, br.

350. Essai historique et descriptif sur la peinture sur verre ancienne et moderne et sur les vitraux les plus remarquables de quelques monuments français et étrangers, suivi de la biographie des plus célèbres peintres verriers, par E.-H. Langlois, orné de 7 planches. *Rouen, Ed. Frère*, 1832, in-8, cart. n. rog.

351. Histoire et description des vitraux et des statues de l'intérieur de la cathédrale de Reims, par M. l'abbé V. Tourneur. *Reims*, 1857, in-8, demi-rel. chagr. noir.

352. Jehan de Paris, varlet de chambre et peintre ordinaire des rois Charles VIII et Louis XII, par J. Renouvier, précédé d'une notice biographique sur la vie et les ouvrages et de la bibliographie complète des œuvres de M. Renouvier, par Georges Duplessis. *Paris, Aug. Aubry*, 1861, in-8, br.

354. Schaw. Illuminated ornaments selected from manuscripts of the middle ages. *London, Pickering*, 1833, in-4, demi-rel.

Figures en couleurs.

355. Explication de la Danse des morts de la Chaise-Dieu, fresque inédite du XVe siècle, par Achille Jubinal. *Paris, Challamel*, 1841, gr. in-4, demi-rel. marbr. *figures*.

356. François Ier chez Mme de Boisy. — Notice d'un recueil de crayons ou portraits aux crayons de couleur, enrichi par le roi François Ier de vers et de devises inédites, par M. Rouard, bibliothécaire, avec 13 portraits choisis, lithographiés en fac-simile. *Paris, Aug. Aubry*, 1863, in-4, br.

357. Dissertation sur les portraits de François Ier et de Henri VIII, existant à l'hôtel de Bourgtheroulde, par M. de la Querrière. — Notice de la dilatation de la pierre, par M. Destigny (*planche gravée par E.-N. Langlois*). — Notice par M. E. Hyacinthe Langlois sur des tombeaux gallo-romains découverts à Rouen dans le cours des années 1827 et 1828. — Recherches sur les premiers temps de l'imprimerie en Normandie, par Ed. Frère. Gr. in-8.

Extrait du Bulletin de l'Académie de Rouen.

358. Des Portraits peints et gravés de Pierre Corneille, par M. Hellis. — Rapport sur le jour de naissance de P. Corneille, par M. P.-A. Corneille, professeur d'histoire au collége royal (avec une vue de la maison dans laquelle il est né, gravée par C.-N. Langlois). In-8, br.

Extrait du Bulletin de l'Académie de Rouen.

359. Les Émaux de Petitot du musée impérial du Louvre, portraits de personnages historiques et de femmes célèbres du siècle de Louis XIV, gravés au burin par M. L. Ceroni. *Paris, Blaisot,* 2 vol. in-4, demi-rel. avec coins, mar. r. tr. jasp.

360. L'Art au dix-huitième siècle, par Edm. et Jules de Goncourt. *Paris, F. Dentu*, 1859-1874, 12 br. in-4. (*Eaux-fortes.*)

Les Saint-Aubin, 1859. — Watteau, 1860. — Prudhon, 1861. — Boucher, 1862. — Greuze, 1863. — Chardin, 1864. — Fragonard, 1865. — Debucourt, 1866. — La Tour, 1867. — Les Vignettistes, Gravelot et Cochin, 1868. — Eisen et Moreau, 1870. — Notices, additions, errata, 1875.

361. Œuvres de J.-A. Ingres, membre de l'Institut, gravées au trait sur acier par A. Réveil. *Paris, Firmin-Didot fr.*, 1851, gr. in-4, cart.

362. Lettres et Pensées d'Hippolyte Flandrin, accompagnées de notes et d'un catalogue des œuvres du maître, par le vicomte Henri Delaborde. *Paris, H. Plon,* 1865. — Brascassat, sa vie et son œuvre, par Ch. Marionneau. *Paris, Ve J. Renouard*, 1872. — Ens. 2 ouvr. in-8, br.

363. Recueil des compositions exécutées ou projetées sur les dessins de A. Chenavard, architecte, professeur à l'école impériale des beaux-arts de Lyon. *Lyon, impr. de L. Perrin*, 1860, 2 parties en 1 vol. in-fol., demi-rel, avec coins, mar. viol. dos orné, fil. doré en tête, n. rogn.

364. Six Vues et détails dessinés à Athènes en 1843 par A.-M. Chenavard, architecte. *Lyon*, *Louis Perrin*, 1857, in-fol. cart.

365. Description historique des maisons de Rouen les plus remarquables par leur décoration extérieure et par leur ancienneté, par E. Delaquerrière, ornée de vingt et un sujets dessinés et gravés par E.-M. Langlois. *Paris*, *Firmin-Didot*, 1821, 2 vol. in-8, demi-rel. v. f. tr. peign.

366. Stalles de la cathédrale de Rouen, par E. Hyacinthe Langlois, ornées de 13 planches gravées, avec une notice sur la vie et les travaux de E.-H. Langlois, par Ch. Richard. *Rouen*, 1838, in-8, cart.

367. Essai historique et descriptif sur l'abbaye de Saint-Wandrille, par M. E.-H. Langlois. Br. in-8 (avec figures dessinées et gravées par l'auteur).

Extrait du Bulletin de l'Académie de Rouen.

368. Essai sur les énervés de Jumièges et sur quelques décorations singulières des églises de cette abbaye, suivi du miracle de sainte Bautheuch, publié pour la première fois par E. Hyacinthe Langlois. *Rouen*, *Ed. Frère*, 1838, in-8, br.

369. Le Peintre-graveur français, continué par Prosper de Baudicour. *Paris*, 1859, 2 vol. in-8, br.

370. Des Gravures en bois dans les livres d'Antholne Verard, par J. Renouvier. *Paris, Aubry*, 1859, in-8, demi-rel. mar. tête dorée, n. rogn. fig.

371. Portraits des personnages les plus illustres du XVIe siècle, reproduits en fac-simile, sur les originaux dessinés aux crayons de couleur, par divers artistes contemporains, recueil publié avec notices par P.-G.-J. Niel. *Paris*, *Lenoir*, 1848, 2 vol. in-folio, demi-rel. chagr. vert.

372. Alciati Emblemata. *Antuerpiæ*, 1577, pet. in-8, vélin, figures.

373. Omnia Andreæ Alciati Emblemata, adiecta ad calcem notæ posteriores per Claud. Minoem jurisc. *Parisiis*, 1859, in-8, parch. (figures sur bois).

374. Essai sur les Danses des morts, par E.-H. Langlois. *Rouen*, *Lebrument*, 1852, 2 vol. in-8, demi-rel. mar. br. figures, n. rogn. (*Capé.*)

375. L'Alphabet de la mort, par Hans Holbein, entouré des bordures du XVe siècle, publié d'après les manuscrits par Anatole Montaiglon. *Paris*, *Edwin Tross*, 1856, in-8, br.

376. La Danse des morts, dessinée par Hans Holbein, gravée sur pierre par J. Schlotthauer et expliquée par H. Fortoul. *Paris, Labitte, s. d.*, pet. in-8, demi-rel. mar. *gravures sur pierre.*

Édition devenue rare.

377. The Dance of death, exhibited in elegant engravings on wood with a dissertation on those ascribed to Macaber and Haus Holbein, by Francis Douce. *London*, *Pickering*, 1833, in-8, cart. *figures*.

378. Rouen au XVIe siècle et la Danse des morts du cimetière Saint-Maclou, par E.-H. Langlois (*avec figures dessinées et gravées à l'eau-forte par l'auteur*). Br. in-8 (extraite du Bulletin de l'Académie de Rouen).

379. Emblèmes de l'amour divin. *Paris*, *Landry*, *s. d.*, in-12, figures, v.

Exemplaire sur lequel on a écrit, au XVIIe siècle, une paraphrase du texte en vers français.

380. Notice sur la vie et les travaux de Gérard Audran, par Georges Duplessis. *Lyon*, *Perrin*, 1858, in-8, demi-rel. mar. tête dor. n. rogn. (*Capé.*)

381. Réunion de 62 fleurons pour les Contes de la Fontaine, d'après Choffard. Epreuves sur grand papier de Chine volant.

382. Cent proverbes, par Granville. *Paris*, *Fournier*, 1845, in-8, figures, demi-rel. chagr.

383. RAFFET. — Sujets divers pour illustrer les Œuvres de Barthélemy, la Révolution et l'Empire, etc. Envir. 200 pièces, la plupart sur chine et avant la lettre.

384. Diorama anglais, ou Promenades pittoresques à Londres, par M. S***. *Paris*, *Didot*, 1823, in-8, rel.

24 planches en couleurs.

385. A few Ideas. *London*, 1826, gr. in-4, demi-rel.

Planches en couleurs. Caricatures sur les courses de chevaux et la chasse.

386. Réunion de gravures de modes parisiennes (planches en couleurs) de 1812-1814 à 1821. 9 vol. in-8, cart. (environ 1000 planches).

387. Les Métamorphoses du jour, ou la Fontaine en 1831, avec des vignettes dessinées par Henri Monnier, et gravées par Thompson, par Eugène Desmares. *Paris*, *Delaunay*, 1831. 2 tomes en 1 vol. in-8, demi-rel. mar. rouge, doré en tête, n. rogn.

388. Musée Dantan. Galerie des charges et croquis des célébrités de l'époque. *Paris*, *Delloye*, 1839, gr. in-8, demi-rel. chagrin.

389. Œuvres choisies de Gavarni. *Paris*, *Hetzel*, 1848, gr. in-8, demi-rel. mar.

La Vie de jeune homme. — Les Débardeurs. — Les Enfants terribles. —

Les Lorettes. — Les Actrices. — Fourberies de Femmes. — Clichy. — Paris le soir. — Le Carnaval. — Les Étudiants.

390. Gavarni in London, sketches of life and character with illustrative essays by popular writers. Edited by Albert Smith. *London,* 1849, in-4, cart. perc. rouge, tr. dor.

391. Un autre Monde, par Granville. *Paris, Fournier,* 1844, in-4, titre rouge, demi-rel. mar. r. n. rogn. figures.

Monté sur onglets.

392. Henri Monnier. Les Grisettes. In-fol. demi-rel.

42 planches coloriées, ancien tirage.

393. Lithographies de Decamps. 26 pièces in-fol. demi-rel.

Anciennes épreuves.

394. Le Trésor de la curiosité, par Ch. Blanc. *Paris, Renouard,* 1857, 2 vol. in-8, demi-rel. mar. bl. tr. sup. dor. n. rogn.

395. Causeries d'un curieux, variétés d'histoire et d'art, tirées d'un cabinet d'autographes et de dessins, par F. Feuillet de Conches. *Paris, H. Plon,* 1862, 3 vol. in-8, br. (tomes I, II et III).

BELLES-LETTRES.

I. LINGUISTIQUE.

396. Henri Estienne. Conformité du langage françois avec le grec, nouvelle édition, 1850. — La Précellence du langage françois, nouvelle édition, 1853. — Les Œuvres choisies d'Estienne Pasquier. *Paris, Didot,* 1849, 2 vol. — Ensemble 4 vol. in-12, br.

Ces diverses publications ont été faites par les soins de Léon Feugère.

397. Glossarium mediæ et infimæ Latinitatis conditum a Carolo Dufresne domino du Cange. *Parisiis, excudebant Firm. Didot fr.,* 1840-50, 7 vol. in-4, demi-rel. avec coins, mar. rouge, doré en tête, n. rogn.

398. Glossarium eroticum linguæ latinæ. *Parisiis, apud Aug. Fr. et Pr. Dondey-Dupré bibliopolas,* 1825, gr. in-8, br.

399. Dictionnaire étymologique de la langue françoise, par Ménage (publ. par Jault). *Paris*, 1750, in-fol. v. (*mouillures*).

400. Dictionnaire de l'Académie française, sixième éditiou. *Paris, Firm.-Didot fr.*, 1835, 2 vol. in-4, demi-rel. bas, n. rogn.

401. Dictionnaire de la langue française, par E. Littré. *Paris, L. Hachette*, 1873, 4 vol. in-4, texte à 3 col. demi-rel. mar. viol. plats toiles, tr. jasp.

402. Dictionnaire des synonymes de la langue française, avec une Introduction sur la théorie des synonymes, par M. Lafaye. *Paris, L. Hachette*, 1858, gr. in-8 cart. perc. bleue.

403. Origine et formation de la langue française, par A. de Chevallet. *Paris, Impr. impériale*, 1853-57, 3 vol. gr. in-8, demi-rel. avec coins mar. rouge, dor. en tête, n. rog.

Première partie : Éléments primitifs dont s'est formée la langue française, 1 vol.
Deuxième partie : Modifications subies par les éléments primitifs. 2 vol.

404. Histoire des révolutions du langage en France, par M. Francis Wey. *Paris, Firm. Didot fr.*, 1848, in-8, demi-rel. avec coins, v. f. fil. dor. en tête, n. rog.

405. Des Variations du langage français, par Génin. *Paris, Firmin Didot*, 1845, in-8 cart.

406. Remarques sur la langue française au XIXe siècle, sur le style et la composition littéraire, par M. Francis Wey. *Paris, Firm. Didot fr.*, 1845, 2 vol. in-8, demi-rel. avec coins, v. f. fil. dor. en tête, n. rog.

407. Recherches sur les formes grammaticales de la langue française et de ses dialectes au XIIIe siècle, par Gustave Fallot, publiées par M. P. Ackermann, et précédées d'une notice sur l'auteur, par M. B. Guérard. *Paris, Impr. royale*, 1839, gr. in-8, demi-rel. v. vert, tr. marbr.

408. Récréations philologiques, ou Recueil de notes pour servir à l'histoire des mots de la langue française, par F. Génin. *Paris, Chamerot*, 1856, 2 vol. in-8 br.

409. Lexique comparé de la langue de Molière et des écrivains du XVIIe siècle, suivi d'une lettre à M. A.-F. Didot sur quelques points de philologie française, par F. Génin. *Paris, Firm. Didot fr.*, 1846, in-8, br.

410. Études de philologie comparée sur l'argot et sur les idiomes analogues parlés en Europe et en Asie, par Francisque Michel. *Paris, Firm. Didot fr.*, 1856, gr. in-8, br.

411. Le Dictionnaire des précieuses, par le sieur de Somaize; nouvelle édition, publ. par Ch. Livet. *Paris*, *Jannet*, 1856, 2 vol. in-12, maroq. r. jans. tr. dor.

412. Dictionnaire étymologique, historique et anecdotique des proverbes et des locutions proverbiales de la langue française, par P.-M. Quitard. *Paris et Strasbourg*, 1842, in-8, br.

413. Essai d'un glossaire des patois du Lyonnais, Forez et Beaujolais, par J.-B. Onofrio. *Lyon*, *Scheuring*, 1864, in-8, br.

---

414. Cicero, de Oratore, ex recensione Ernesti. *Rotterodami*, 1804, in-12, mar. r. fil. tr. dor.

II. POÈTES ANCIENS.

415. Homeri Ilias, gr. *Parisiis*, *Turnebus*, 1554, pet. in-8, v.

Exemplaire incomplet du titre, mais chargé de notes de la main du P. Helyot, à qui il a appartenu. (Catalogue du Roure, 586.)

416. Homère, traduit par Dugas-Montbel. *Paris*, *Firm. Didot fr.*, 1834, 5 vol. in-8, demi-rel. v. f. tr. jasp.

Iliade et Odyssée. 2 vol. — Observations sur l'Iliade. 2 vol., et sur l'Odyssée, 1 vol.

417. Homère. Iliade et Odyssée, traduction nouvelle par Eug. Bareste. *Paris*, 1843, 2 vol. in-8, fig. demi-rel.

418. Fragmenta poetarum veterum latinorum. *Anno* 1564, *excudebat Henricus Stephanus*, pet. in-8, maroq. r. jans. tr. dor.

419. Quinti Horatii Flacci Opera, cum novis argumentis. *Sedani*, 1627, in-64, mar. bl. fil. tr. dor.

Le fleuron du titre a été coupé et remplacé par un papier blanc.

420. Q. Horatii Flacci Opera. *Parisiis*, *e Typographia regia*, 1733, in-16, mar. r. n. rog. (*Capé.*)

Bel exemplaire.

421. Quinti Horatii Flacci Poemata, scholiis illustrata a J. Bond. *Aurelianis*, 1767, in-12, demi-rel. mar. v. fil. tr. sup. dor. n. rog. (*Capé.*)

Bel exemplaire.

422. Quintus Horatius Flaccus, recensuit et emendavit Pottier. *Parisiis*, *Malepeyre*, 1823, gr. in-8, v. f.

Aux armes du roi Louis-Philippe, telles qu'il les avait adoptées avant la suppression de la fleur-de-lis.

423. Quinti Horatii Flacci Opera, cum novo commentario ad modum Joannis Bond. *Parisiis*, 1855, pet. in-12, cart. n. rog.

Exemplaire avec les photographies et les filets rouges.

424. Publii Virgilii Maronis Opera. *Lutetiæ Parisiorum, Coustelier*, 1745, 3 vol. in-12, figures, v. m. fil. tr. dor.

425. Publius Virgilius Maro. *Londini*, 1821, in-64, maroq. r. fil. tr. dor. (*Purgold*.)

Édition en petits caractères.

426. Publ. Ovidii Nasonis Metamorphoseos libri. 1489, in-fol. car. ronds, vél.

427. La Métamorphose d'Ovide figurée. *Lyon, J. de Tournes*, 1583, in-12, demi-rel.

Figures sur bois. Encadrements à chaque page.

428. Phædri Fabularum Æsopiarum libri V, nuper a P. Pithœo primum editi et illustrati notis a C. Rittershusio. *Lugd. Bat.*, 1598, pet. in-8, demi-mar. r.

429. Phædri Fabularum Æsopiarum libri V, Nicolaus Rigaltius recensuit et notis illustravit. *Lutetiæ, apud Drouart*, 1610, in-12, mar. v. tr. dor.

La date a été grattée et on n'a laissé subsister que 1600.

430. Phædri Aug. liberti Fabularum Æsopiarum libri V. *Oliua Rob. Stephani*, 1617, plaq. in-4, demi-rel. mar. viol. tr. peign.

Jolie édition, contenant les variantes du manuscrit de Reims qu'on croyait avoir été détruites dans l'incendie de 1774.

431. Phædri Fabulæ et Publ. Syri Sententiæ. *Parisiis, e Typographia regia*, 1729, in-16, frontispice gravé, mar. r. n. rog.

432. Phædri Fabularum Æsopiarum libri IV, ed. Berger de Xivrey. *Parisiis, Didot*, 1830, gr. in-8, demi-rel. v. f.

433. Publii Syri Mimi Sententiæ. Dionysii Catonis Disticha de Moribus c. vers. gr. Planudis. *Lugd. Bat., ex off. Plantiniana*, 1598, in-8, demi-rel. marbr. tr. dor. (*Capé*.)

434. J. Juvenalis Satyræ XVI. Persii Satyræ VI. *Lutetiæ, ex officina Roberti Stephani*, 1544, pet. in-8, v. f. fil. dent. tr. dor.

Exemplaire grand de marges.

435. J. Juvenalis et Persii Satyræ. *Cantabrigiæ*, 1763, in-8, figures, mar. v. fil. tr. dor. (*Bisiaux*.)

436. Silii Italici de Bello Punico. *Venetiis, in ædibus Aldi,* 1523, pet. in-8, v. f. (*Anc. rel.*)

437. Statii Sylvarum libri V. *Venetiis, in ædibus Aldi,* 1502, pet. in-8, mar. v. fil. tr. dor. ancre aldine sur les plats. (*Reliure anglaise.*)

438. Statii Poemata. *Parisiis, apud Simonem Colinæum,* 1530, pet. in-8, v.

Exemplaire de N. Bergier, auteur des *Grands Chemins de l'empire romain,* avec sa signature et des notes de sa main.

439. Fr. Pici Mirandulani Hymni heroici tres ad Sanctissimam Trinitatem. *Mediolani,* 1507, in-fol. v.

440. J. Vulteii Rhemi Inscriptionum libri II. *Apud Sim. Colinæum,* 1538, in-16, mar. r. fil. tr. dor. (*Capé.*)

On trouve sur les poésies de Faciot (Vulteius), de Reims, des détails curieux dans les Récréations historiques de Dreux du Radier.

III. POÈTES FRANÇAIS.

441. Le Romancero françois, histoire de quelques anciens trouvères, publ. par Paulin Paris. *Paris, Techener,* 1833, pet. in-8, vél. n. rog.

442. Recueils de chants historiques français, par Le Roux de Lincy. *Paris, Gosselin,* 1841, 2 vol. in-12, demi-rel. chagr. v.

443. La Fleur des fabliaux. *Paris, Techener, s. d.,* in-12, demi-rel. n. rog.

Frontispice gravé et figures de Rouargue.

444. Li Romans de Dolopathos, publié d'après deux mss. de la Bibliothèque imp., par Ch. Brunet et Anatole de Montaiglon. *Paris, Jannet,* 1856, in-12, mar. r. tr. dor. (*Capé.*)

445. Gérard de Roussillon. *Lyon, Louis Perrin,* 1856, in-8, demi-rel. mar. avec coins, tête dor. n. rog.

446. Li Jus saint Nicolai, par Jehan Bodel, publié par la Société des bibliophiles français. *Paris, Firm.-Didot fr.,* 1834, gr. in-8, demi-rel. mar. rouge, dor. en tête, n. rog.

Exemplaire en papier de Hollande, avec les 4 fac-simile sur peau de vélin, et une longue lettre autographe de M. de Monmerqué, datée du 6 janvier 1849, où il donne l'historique de la publication de cet ouvrage.

447. Mélusine, par Jehan d'Arras, avec une préface par Ch. Brunet. *Paris, Jannet,* 1854, in-12, mar. r. tr. dor.

448. La Chanson de Roland, poëme de Théroulde, texte critique, accompagné d'une traduction, d'une introduction et de notes, par F. Génin. *Paris, Impr. nationale*, 1850, demi-rel. avec coins, mar. viol. dos orné, fil. dor. en tête, n. rog.

449. Ci est le Roman de la Rose,
Où l'art d'amors est tote enclose...

Pet. in-8 cart.

Manuscrit fait pour M. Méon et corrigé de sa main, de la vente de Monmerqué (3866).

450. Ballades, fabliaux et traditions du moyen âge. *Paris, Didot, s. d.*, in-8 gothique, demi-rel.

Exemplaire fatigué.

451. Poëme inédit de Jehan Marot, publié par Georges Guiffrey. *Paris, Ve J. Renouard*, 1860, gr. in-8, br.

452. Œuvres complètes de Fr. Villon. *Paris, Jannet*, 1854, in-12, maroq. r. jans. tr. dor.

453. Œuvres de Coquillart, nouvelle édition, revue et annotée par Charles d'Héricault. *Paris, Jannet*, 1857, 2 vol. in-12, maroq. r. tr. dor.

454. Œuvres de Mathurin Regnier, publ. par Viollet-le-Duc. *Paris*, 1828, in-12, demi-rel. mar. r. tr. sup. dor. n. rogné.

455. Œuvres complètes de Mathurin Regnier, par Viollet-le-Duc. *Paris, Jannet*, 1853, in-12, maroq. r. tr. dor.

456. Poésies de Pernette du Guillet, Lyonnoise. *Lyon, Louis Perrin*, 1830, in-8, dem.-rel. mar. citr. avec coins tr. sup. dor. n. rogn. (*Capé.*)

Exemplaire sur papier jonquille.

457. Discours sur la personne et les ouvrages de Louise Labé, Lyonnoise. *Lyon*, 1750, in-12, broché, rogné.

458. Euvres de Loize Labé, Lionnoize. *Lyon, Durand et Perrin*, 1824, gr. in-8, portrait, chagr. viol. fil. n. rog.

Cette édition a été faite aux frais d'une société de gens de lettres et de bibliophiles lyonnais dont la liste est imprimée à la fin du livre, et qui en ont partagé entre eux tous les exemplaires.
(Note mss.)

459. Euvres de Louize Labé, Lionnoize. *Lyon, Scheuring*, 1862, in-8, br.

460. La Fleur des chansons. *S. l., n. d.*, pet. in-8, demi-rel. mar. r. tr. sup. dor. n. rogné.

Réimpression gothique, à petit nombre.

461. Collection des poëtes champenois antérieurs au XVIe siècle. *Paris, Techener, Aug. Aubry; et Reims, Bressart-Binet*, 1849-1856. Ens. 16 vol. in-8, demi-rel. avec coin mar. rouge doré en tête n. rog.

Le Tournoiement de l'Antechrist, par Huon de Méry. — Le Roman du chevalier de la Charrette, par Chrestien de Troyes et Godefroy de Laigny. — Le Roman d'Aubery le Bourgoing. — Poésies d'Agnès de Navarre-Champagne, dame de Foix. — Les Œuvres de Guillaume de Machault. — Proverbes champenois avant le XVIe siècle. — Le Roman de Girard de Viane, par Bertrand, de Bar-sur-Aube. — Chansons de Thibault IV, comte de Champagne et de Brie, roi de Navarre. — Les Chansonniers de Champagne aux XIIe et XIIIe siècles. — Les Œuvres de Philippe de Vitry. — Les Œuvres de Guillaume Coquillart. 2 vol. — Œuvres inédites d'Eustache Deschamps. 2 vol. — Recherches sur l'histoire du patois de Champagne, par P. Tarbé. 2 vol.

462. Cent cinq Rondeaulx d'amour publiés d'après un manuscrit du commencement du XVIe siècle, par Edwin Tross. *Paris, Libr. Tross*, 1863, in-12, br.

463. Le Roman de Foulque de Candie, par Herbert Leduc de Dammartin. *Reims*, 1860, in-8, br.

464. Œuvres complètes de Racan, nouvelle édition, revue et annotée par Tenant de Latour, *Paris, Jannet*, 1857, 2 vol in-12, maroquin r. jans. tr. dor.

465. Les Tragiques, par Th. Agr. d'Aubigné, édition revue et annotée par Ludovic Lalanne. *Paris, Jannet*, 1857, in-12, maroq. r. jans. tr. dor.

466. Le Séjour des Muses, ou la Cresme des bons vers. *Rouen*, 1630, pet. in-8, maroq, r. tr. dor. (*anc. rel.*)

Recueil rare, mais exemplaire très-rogné ; le premier feuillet est raccommodé dans la marge du bas.

467. Œuvres complètes de Théophile, nouvelle édition, publ. par Alleaume. *Paris, Jannet*, 1856, 2 vol. in-12, maroquin r. tr. dor.

468. Délie, objet de plus haute vertu, poésies amoureuses, par Maurice Sève, Lyonnois. *Lyon, N. Scheuring*, 1862, in-8, br.

469. Lettre en vers sur les mariages de Mlle de Rohan avec M. de Chabot, de Mlle de Rambouillet avec M. de Montausier, et de Mlle de Brissac avec Sabatier, 1645. *Paris, Aug. Aubry*, 1862, in-12, br.

470. Œuvres de Boileau, avec notes par Berriat Saint-Prix. *Paris, Langlois*, 1830, 4 vol. in-8, demi-rel. mar. n. rogné. (*Petit.*)

Édition estimée et devenue rare. On a joint à cet exemplaire le prospectus avec des changements de l'auteur et une lettre autographe signée.

471. Œuvres poétiques de Boileau, avec des notices par M. Poujoulat, eaux-fortes par V. Foulquier. *Tours, Alfr. Mame,* 1870, in-4, br.

Exemplaire en grand papier de Hollande.

472. Le Lutrin, poëme héroï-comique de Boileau-Despréaux, édition conforme au texte original, ornée de vignettes par Ernest et Frédéric Hillemacher. *Lyon, N. Scheuring,* 1862, in-4, en feuilles.

473. Fables de la Fontaine. — 241 grands sujets par Granville, tirés à part sur chine volant.

474. Contes et Nouvelles en vers, par Jean de la Fontaine. *Paris, Leclerc fils,* 1861, 2 vol. in-12, br. *Figures.*

475. Adonis, poëme, par J. de la Fontaine, publié par Walckenaer, *Paris, Simier,* 1825, gr. in-8, pap. vélin, demi-rel. mar. r. (*Simier.*)

476. Œuvres complètes de Saint-Amant, précédées d'une notice par Livet. *Paris, Jannet,* 1855, 2 vol. in-12, maroq. r. tr. dor.

477. Œuvres de J.-B. Rousseau. *Londres* (*Cazin*), 1781, 2 vol. in-18, mar. r. fil. tr. dor. (*Anc. rel.*)

478. Œuvres choisies de Senecé, nouvelle édition, publ. par Émile Chasles et Cap. *Paris, Jannet,* 1855, in-12, mar. r. jans. tr. dor.

479. Œuvres posthumes de Senecé, publiées pour la première fois par Émile Chasles et Cap. *Paris, Jannet,* 1855, in-12, maroq. jans. tr. dor.

480. La Pucelle d'Orléans, par Voltaire. *Paris, Lequien,* 1821, in-8, figures, v. fil. tr. marbr.

Formant le tome II des Œuvres complètes.

481. Fables de Florian, illustrées par Grandville. *Paris, Dubochet,* 1843, in-8, demi-rel. mar. r.

482. Le Mérite des femmes travesti, poëme burlesque par J.-B. Simonnin, *Paris,* 1825, in-12, demi-rel. n. rogn.

483. Œuvres d'Alphonse de Lamartine. *Paris, Jules Boquet,* 1826, 2 vol. gr. in-8, demi-rel. mar. r. n. rogn. tr. sup. dor.

Exemplaire en grand papier.

484. Odes et Ballades, par Victor Hugo; 4e édition, augmentée de l'Ode à la colonne et de dix pièces nouvelles. *Paris, Hector Bossange,* 1828, 2 tomes en 1 vol. in-8, portrait et figures mar. viol. accomp. tr. dor.

Exemplaire sur papier bleu.

485. Les Échos, fantaisies et souvenirs par Hector Fleury. *Lyon, Perrin*, 1861, in-8, br.

486. Napoléon en Égypte, Waterloo et le Fils de l'homme, par Barthélemy et Méry, précédés d'une notice littéraire par M. Tissot, édition illustrée par Horace Vernet et H. Bellangé. *Paris, Ern. Bourdin*, s. d., gr. in-8, demi-rel. chagr. rouge.

487. Vive Henry IV ! chanson historique en six couplets, *ad usum populi cum notis variorum. Reims*, 1850, br. in-8.

488. Les Fleurs du mal, par Charles Baudelaire. *Paris, Poulet-Malassis et de Broise*, 1857, in-12, br.

Première édition.

489. Les Contes rémois, par le comte de Chevigné, dessins de E. Meissonier (3e édition). *Paris, Mich. Lévy fr.*, 1858, in-12, br.

490. Sonnets humouristiques, par Joséphin Soulary. *Lyon, Perrin*, 1858, in-8, mar. citr. fil. tr. dor. (*Capé.*)

491. Sonnets humouristiques, par Joséphin Soulary, précédée d'une préface en vers par Jules Janin. *Lyon, Scheuring*, 1859, in-8, mar. citr. tr. dor. (*Capé.*)

492. Sonnets, poèmes et poésies, par Joséphin Soulary. *Lyon, Louis Perrin*, 1864, in-8, br.

493. Barthélemy. — Némésis, 4e édition ornée de 15 gravures d'après les dessins de Raffet, 2 vol. — Douze journées de la révolution, poëme, 1 vol. — Napoléon en Egypte, Waterloo et le Fils de l'homme, 1 vol. *Paris, Perrotin*, 1835, ens. 4 vol. in-8, demi-rel., v. fauve, dos mosaïq. n. rog.

494. Hymne à la cloche, par M. E.-N. Langlois. (*Rouen*, 1832), br. in-8, figure.

Extrait du Bulletin de l'Académie de Rouen.

495. La Typographie, poëme, par M. L. Pelletier. *Genève et Paris*, 1832, in-8, br.

496. Fables de S. Lavallette, illustrées par Grandville, suivies de poésies diverses, illustrées par Gérard Seguin. *Paris, J. Hetzel et Paulin*, 1841, gr. in-8, demi-rel. mar. viol.

497. Dernières Chansons de P.-J. de Béranger, 1834 à 1851, avec une lettre et une préface de l'auteur. *Paris, Perrotin*, 1857, in-8, br.

IV. POÈTES ÉTRANGERS.

498. Il Dante, con argomenti. *In Lione, G. de Tournes*, 1547, in-16, mar. r. fil. tr. dor. (*Capé.*)

499. L'Orlando furioso di Lodovico Ariosto. *Firenze, Molini*, 1823, 2 vol. in-12, demi-rel. mar. r. tr. sup. dor. n. rogn. (*Capé.*)

Exemplaire au chiffre du roi Louis-Philippe.

500. Arcadia di J. Sannazaro. *In Venegia, Giolito*, 1568, in-24, mar. r. anc. rel.

V. THÉATRE.

501. Études sur les tragiques grecs, par M. Patin. *Paris, L. Hachette*, 1841, 3 vol. in-8, demi-rel. avec coins v. s. fil. doré en tête, n. rogn.

502. Comédies d'Aristophane, trad. du grec par Artaud. *Paris, Charpentier*, 1845, 2 vol. in-12 demi-rel. v. f.

503. Publ. Terentii Comœdiæ. *Lugduni*, 1855, in-16 mar. r. tr. dor. (*Duru.*)

Exemplaire de M. Coste (904).

504. Senecæ Tragœdiæ. *Apud Sebast. Gryphium*, 1554, in-16, mar. r. fil tr. dor. (*Duru.*)

Exemplaire Coste (909).

505. Théâtre de Hrosvita, religieuse allemande du xe siècle, traduit pour la première fois en français par Ch. Magnin. *Paris, Duprat*, 1845, in-8 demi-rel. mar. r. tr. dor. sup. dor. n. rogn. (*Capé.*)

Exemplaire en grand papier vélin.

506. Ehud, sive Tyrannoktonos, tragœdia, auctore J. Jacomoto Barrensi. *Apud Joann. Tornæsium*, 1601, pet. in-8, v. f. (*Niedrée.*)

Rare. A la fin se trouve : *Odes de M. de Chandieu sur les misères des églises françoises qui ont esté si longtemps persécutées*. Le texte français de ce poëme est imprimé en caractères dits de *civilité*.

507. Note sur Bernouet du Lac, ou le Théâtre et la Bazoche à Aix à la fin du xvie siècle, par A. Joly. *Lyon, N. Scheuring*, 1862, in-8 br.

508. Théâtre français au moyen âge, publié d'après les manuscrits de la Bibliothèque du Roi, par MM. L.-J.-H. Mon-

merqué et Francisque Michel (XIe-XIVe siècle). *Paris, Firm.-Didot fr.*, 1839, in-4 demi-rel. avec coins mar. viol. doré en tête n. rogn. (*R. Petit.*)

509. Ancien Théâtre français, ou Collection des ouvrages dramatiques les plus remarquables depuis les Mystères jusqu'à Corneille, publié par Viollet-le-Duc. *Paris, Jannet*, 1854-1857, 1 vol. in-12 maroquin r. jans. tr. dor.

510. Maistre Pierre Patelin, texte revu sur les manuscrits et les plus anciennes éditions, avec une introduction et des notes, par F. Génin, *Paris, Chamerot*, 1854, gr. in-8 cart.

Envoi autographe de F. Génin à son ami Isambert.
Tiré à 200 exemplaires numérotés.
Édition la meilleure et la plus belle qu'on ait de cette excellente farce.
Exemplaire acheté à la vente de la bibliothèque de M. Isambert, conseiller à la cour de cassation.

511. Corneille et son temps, étude littéraire, par M. Guizot. *Paris, Didot*, 1852, in-8 br.

512. Œuvres de J. Racine, avec les notes par Aignan. *Paris, Dupont*, 1824, 5 vol. in-8 demi-rel. mar. r.

513. La Vie de M. de Molière. *A Paris, chez Jacq. Le Febvre*, 1705, in-12, v. gr. tr. marbr.

514. Œuvres de Molière, vignettes par Tony Johannot, notice par Sainte-Beuve. *Paris, Paulin*, 1835. 2 vol. gr. in-8 br. *figures dans le texte.*

515. Galerie historique des comédiens de la troupe de Nicollet, notices sur certains acteurs et mimes qui se sont fait un nom dans les annales des scènes secondaires depuis 1760 jusqu'à nos jours, par E. de Manne et C. Ménétrier, avec des portraits gravés à l'eau-forte par Fr. Hillemacher. *Lyon, N. Scheuring*, 1869, in-8, br.

516. Œuvres complètes de Beaumarchais, avec une notice sur sa vie et ses ouvrages, par Saint-Marc Girardin. *Paris, Furne*, 1835, gr. in-8 demi-rel. chagr.

517. Procès relatifs à la salle du Théâtre-Français, 1818. 11 pièces réunies en 1 vol. in-4, v. tr. doré (plans).

De la bibliothèque du roi Louis-Philippe.

518. L'Hôtesse de Virgile, comédie en un acte et en vers, par Ed. Fournier. *Paris, Dentu*, 1859, in-12, mar. r. tr. dor. (*Capé*).

519. Stockholm, Fontainebleau et Rome, trilogie dramatique sur la vie de Christine, cinq actes en vers avec prologue et épilogue, par Alex. Dumas. *Paris, Barba*, 1830, in-8, cart. n. rog.

520. Deburau. Histoire du théâtre à quatre sous (par Jules Janin). *Paris*, *Gosselin*, 1832, 2 tomes en 1 vol. in-12, demi-rel. mar. r. figures.

Les couvertures ont été conservées.

521. Masques et Bouffons (comédie italienne), texte et dessins par Maurice Sand, gravures par A. Manceau, préface par George Sand. *Paris*, *Mich. Lévy fr.*, 1860, 2 vol. gr. in-8 br.

Exemplaire en grand papier, avec la triple suite des figures noires, à la sanguine et coloriées.

522. Théâtre lyonnais de Guignol (1re et 2e série). *Lyon*, *N. Scheuring*, 1865-1870, 2 vol. in-8, br.

523. Les Origines du théâtre de Lyon, par C. Brouchond. *Lyon*, *N. Scheuring*, 1865, in-8 br.

---

524. Shakspeare et son temps, étude littéraire, par M. Guizot. *Paris*, *Didier*, 1852, in-8 br.

525. De Shakspeare et de la poésie dramatique, par M. F. Guizot. *Paris*, *Ladvocat*, 1822, in-8 br.

526. Faust, tragédie de M. de Gœthe, traduite en français par M. Albert Stapfer, ornée d'un portrait de l'auteur et de dix-sept dessins composés d'après les principales scènes de l'ouvrage et exécutés sur pierre par M. Eugène Delacroix. *Paris*, 1828, in-fol. demi-rel. mar. viol.

Envoi autographe, signé de Eug. Delacroix, à son ami Victor Hugo.
Cet exemplaire provient de M. Victor Foucher, conseiller à la cour de cassation, à qui il avait été donné par sa sœur Mme Victor Hugo.
Épreuves de 1er tirage sur chine.

VI. FABLES ET ROMANS.

527. Æsopi Fabulæ, gr. et lat. *Amsterodami*, *apud Janssonium*, 1653, pet. in-8, demi-rel.

Édition ornée de jolies figures sur bois.

528. Éloge de la Folie, composé en forme de déclamation par Erasme, traduit par Gueudeville, avec les figures de Holbein. *Amsterdam*, 1728, pet. in-8, v. quadrillé, fil. tr. dor. *Figures.*

529. L'Éloge de la Folie, traduit du latin d'Érasme, par M. Gueudeville. *S. l.*, 1751, in-8 tiré in-4, figures par Eisen, v. antiq. marbr. fil. tr. dor.

530. L'Eloge de la Folie, traduction nouvelle du latin d'Érasme, par M. Barrett. *A Paris, chez Defer de Maisonneuve*, 1789, in-12, *figures*, v. antiq. marbr.

531. Le Livre des légendes, par Le Roux de Lincy. *Paris, Silvestre*, in-8, demi-rel. mar. rouge dor. en tête n. rog.

532. Les Aventures de maître Renart et d'Isengrin son compère, publiées par A. Paulin Paris. *Paris, J. Techener*, 1861, in-12, br.

533. L'Historial du jongleur, chroniques et légendes françaises, par MM. Ferdinand Langlé et Em. Morice, ornées d'initiales, vignettes et fleurons imités des manuscrits originaux. *Paris, Firm.-Didot*, 1829, in-8 cart.

534. Histoire du chevalier Paris et de la Belle Vienne. (*Paris, Croizet*) *Lyon, Perrin*, 1835, in-8 demi-rel. mar. n. rogn.

535. Le Livre du chevalier de la Tour Landry, par Anatole de Montaiglon. *Paris, Jannet*, 1854, in-12, maroq. r. tr. dor.

Tiré à 120 exemplaires.

536. Les Œuvres de M. François Rabelais, D[r] en médecine. *A Troyes, par Loys qui ne meurt point*, 1653, 3 parties (5 livres) en vol. in-12 parch.

Forte piqûre de vers sur le titre.

537. Œuvres de Rabelais, nouvelle édition. *Paris, Charpentier*, 1849, in-12 demi-rel. chagr. v. n. rogn.

538. Les Aventures du baron de Fœneste, par Th. Agrippa d'Aubigné, édition revue et annotée par Prosper Mérimée. *Paris, Jannet*, 1855, in-12 mar. r. jans. tr. dor.

539. Le Roman bourgeois, ouvrage comique, par Antoine Furetière, nouvelle édition par Ed. Fournier, précédée d'une notice par Ch. Asselineau. *Paris, Jannet*, 1854, in-12, mar. r. jans. tr. dor. (*Capé.*)

540. Le Roman comique, par Scarron, nouvelle édition par Victor Fournel. *Paris, Jannet*, 1857, 2 vol. in-12, maroquin r. jans. tr. dor. (*Capé.*)

541. Histoire de Gil Blas de Santillane, par Lesage. *Paris, Paulin*, 1835, gr. in-8 demi-rel. figures, mar. r.

542. Paul et Virginie, par Bernardin de Saint-Pierre. *Paris, L. Curmer*, 1838, gr. in-8 mar. bl. fil. tr. dor. figures.

543. Ourika (par madame la comtesse de Duras). *Paris, Ladvocat*, 1824, gr. in-12 demi-rel. mar. br. tr. sup. dorée n. rogn.

Exemplaire en papier vélin. On y a joint un billet autographe de Mme de Duras.

544. La Confession, par Jules Janin. *Paris, Alexandre Mesnier*, 1830, 2 tomes en 1 vol. in-12, figure, demi-rel. v. tr. marbr.

545. Franciscus Columna, dernière nouvelle de Ch. Nodier, précédée d'une notice par Jules Janin. *Paris, Techener*, 1844, in-12 demi-rel.

546. Six Mois de la vie d'un jeune homme (1797), par Viollet-le-Duc. *A Paris, chez P. Jannet*, 1853, in-12 br.

547. Le Chemin de Rome, s'il vous plaît? *Lyon, Louis Perrin*, 1860, pet. in-f. demi-rel. mar. bl. tr. sup. doré. (*Capé.*)

Par M. Edouard Delessert. Tiré à petit nombre.

548. Le Chemin de Rome, s'il vous plaît? *Lyon, Perrin*, 1860, in-8 demi-rel. mar. r. tr. sup. dor. (*Capé.*)

549. Les Patenostres d'un surnuméraire, conseils d'un grand oncle, recueillis et mis en lumière par Joseph Delaroa. *Lyon, Louis Perrin*, 1860, in-12 demi-rel. mar. r. avec coins, tr. sup. dor. n. rogn.

550. Les Filles de minuit, par Valery Vernier. *Lyon, N. Scheuring*, 1865, in-8 br.

551. Les Révolutions du pays des Gagas, par M. Jules Janin. *Lyon, N. Scheuring* 1869, br. in-8 de 45 pages.

---

552. Il Decameron di Messer G. Boccacio. *Firenze*, 1820, in-12, demi-rel. mar. r. tr. sup. dos n. rog. (*Capé.*)

Exemplaire au chiffre du roi Louis-Philippe.

553. Voyages de Gulliver dans des contrées lointaines, par Swift. Édition illustrée par Grandville.

VII. CRITIQUES, FACÉTIES, DISSERTATIONS SINGULIÈRES.

554. Joannis Meursii Criticus Arnobianus et excerpta mss. Regiæ biblioth. parisiensis. *Ludg., Bat. ex off. Ludov. Elzevirii*, 1599, pet. in-8, demi-rel.

Exemplaire de M. G. Peignot, n° 1948.

555. Defense pour l'aucteur de la Cension contre l'Anticaton, par Pierre Brun de Vercel. *Lyon, pour Claude Michel*, 1587, 1587, pet. in-8, v. ant. (*Raccommodages.*)

556. Mémoires de littérature, par M. de Sallengre. *La Haye*, 1719, 2 vol. in-12, v. Portrait.

Exemplaire portant sur le dos les armes de la famille d'Orléans.

557. Mémoires de l'Académie des sciences, inscriptions, beaux-arts, ci-devant établie à Troyes en Champagne (par Grosley). 1768, in-12, demi-rel. mar. r.

558. Mélanges d'histoire, de littérature et de critique, par M. Terrasson. *Paris*, 1768, in-12, v.

Histoire de l'hôtel de Soissons. Enceinte de Paris sous Philippe-Auguste, etc.

559. Variétés historiques, ou Recherches d'un sçavant (Boucher d'Argis). *Paris*, 1752, 3 vol. in-12, v.

560. Mélanges de littérature et de critique, par M. Ch. Nodier, mis en ordre et publiés par Alexandre Barginet. *Paris*, 1820, 2 vol. in-8, demi-rel. v. viol.

561. Analectes historiques, ou Documents inédits pour l'histoire des faits, des mœurs et de la littérature, recueillis et annotés par le docteur Leglay. *Paris, Techener*, 1838, in-8, broché.

562. Causeries et Méditations historiques et littéraires, par Charles Magnin. *Paris, Duprat*, 1843, 2 vol. in-8, demi-rel. v. f.

563. Variétés historiques et littéraires, par Ed. Fournier. *Paris, Jannet*, 1855-59, 9 vol. in-12, mar. r. tr. dor. (*Capé*.)

564. Mélanges de littérature et d'histoire, recueillis et publiés par la Société des bibliophiles françois. *Paris, Jannet*, 1850, pet. in-8, br.

565. Matinées sénonoises, ou Proverbes françois, suivis de leur origine, etc. *Paris*, 1789, in-8, v. rac.

566. Discours sur le proverbe : Quatre-vingt-dix-neuf moutons et un Champenois font cent bêtes, par M. Herluison, membre de la Société académique du département de l'Aube. *Paris*, 1810, br. in-8.

567. Proverbes béarnais, recueillis par J. Hatoulet, bibliothécaire de la ville de Pau, et E. Picot. *Paris, A. Franck*, 1862, in-8, br.

568. Prima Scaligerana, nusquam antehac edita, cum præfatione T. Fabri. *Ultrajecti, apud Petrum Elzevir*, 1670, gr. in-12, demi-rel. mar. r. (*Capé*.)

Exemplaire non rogné.

569. Poggiana, ou la Vie, sentences, bons mots de Pogge.

Amsterdam, 1720, 2 vol. in-12, demi-rel. mar. v. bl. tr. sup. dor. n. rog. (*Capé.*)

Bel exemplaire.

570. Œuvres françoises de Bonaventure des Périers, revues sur les éditions originales, par Louis Lacour. *Paris, Pierre Jannet*, 1856, 2 vol. in-12, mar. r. tr. dor. (*Capé.*)

571. La Nouvelle Fabrique des excellens traits de vérité, livre pour inciter les resveurs tristes à vivre de plaisir. *Paris, Jannet*, 1853, in-12, mar. r. tr. dor.

572. Recueil des plaisants devis, recités par les suppôts du seigneur de la Coquille. *Lyon, Louis Perrin*, 1857, in-8, mar. r. tr. dor. (*Capé.*)

573. Recueil de sermons joyeux et facétieux. 1 vol. in-8, cartonné.

Copie manuscrite de quelques sermons fort curieux et dont il n'existe que de rares manuscrits, ou dont les éditions originales sont successivement rares et chères. Les sermons contenus dans ce volume sont au nombre de 22. Voici les titres de quelques-uns :

Sermon de saint Harenc. — Sermon joyeulx de la vie de M. saint Ognon. — Sermon de M. saint Jambon et Mme sainte Andouille. — Sermon pour l'entrée de table. — Sermon fort joyeulx de saint Raisin. — Sermon de la Chopinerie (inédit). — Sermon pour la nouvelle mariée. — Sermon d'un fiancé qui emprunte un pain. — Sermon de saint Billouert. — Sermon du mariage. — Sermon de la patience des femmes. — Sermon des andouilles. — Sermon des friponniers (inédit). — La Fortune d'amour (inédit), etc., etc.

Cette copie est de la main de M. Méon ; elle a été vendue en septembre 1845, et je l'ai achetée d'un libraire (M. Racine).

(Note autogr. de M. de Monmerqué, datée du 9 octobre 1845.)

574. Recueil des chevauchées de l'asne, faites à Lyon en 1566 et 1578, augmenté d'une complainte inédite du temps sur les maris battus par leurs femmes. *A Lyon, chez N. Scheuring*, 1862, in-8, br.

575. Histoire des perruques, par Jean-Bapt. Thiers. *Avignon*. 1777, in-12, v. f. fil. tr. dor. (*Niedrée.*)

576. Éloge de l'ivresse. *Paris, Michel, an VI, figures de Binet.* — De l'Excellence et supériorité de la femme, traduit du latin d'Agrippa, 1801. — Traité de la coquetterie. *Amsterdam*, 1746, 3 part. en 1 vol. in-12, cart.

577. Le Livre des quatre couleurs, *Aux quatre éléments. De l'imprimerie des quatre saisons*, 4444, in-8, bas.

578. L'Art de plumer la poule sans la faire crier. *Reims*, 1854, in-12, demi-rel. mar. r. n. rog.

579. Histoire des révolutions de la barbe des Français depuis l'origine de la monarchie. *Paris, Ponthieu*, 1826, in-12, v. f. n. rog.

Tiré à petit nombre.

580. 4111 arrests d'amours, le tout diligemment reueu et corrigé en une infinité d'endroits, outre les précédentes impressions (par Martial d'Auvergne). *A Rouen, chez Raphaël du Petit-Val*, 1589, in-16, v. f. (*Rel. anc.*)

581. Philosophie d'amour de M. Léon Hébreu, traduicte d'italien en françoys par le seigneur du Parc, Champenois. *A Lyon, chez Guill. Rouille*, 1551, in-8, v. f. ant.

La page 7 est remmargée dans sa hauteur.

582. Alphabet de l'imperfection et malice des femmes, par J. Olivier. *A Paris, chez Jean Petit-Pas*, 1630, in-12, parch.

583. Les Quinze Joyes de mariage. *Paris, P. Jannet*, 1853, in-12, cart. percal. r. n. rog.

584. Les Caquets de l'accouchée, nouvelle édition, revue par Ed. Fournier. *Paris, Jannet*, 1855, in-12, mar. r. jans. tr. dor.

585. Les Évangiles des quenouilles. *Paris, Jannet*, 1855, in-12, mar. r. jans. tr. dor.

VIII. ÉPISTOLAIRES ET POLYGRAPHES.

586. Hieronymi Stridoniensis Epistolæ selectæ. *Parisiis, Huré*, 1649, in-12, v. tr. dor.

Reliure couverte de fleurs-de-lis.

587. Correspondance entre Boileau-Despréaux et Brossette, avocat au parlement de Lyon, publiée sur les manuscrits originaux, par Aug. Laverdet, introduction par M. J. Janin. *Paris, J. Techener*, 1858, in-8, br.

588. Lettres du comte d'Avaux à Voiture, publiées par Amédée Roux. *Paris, Aug. Durand* (*imprimerie L. Perrin*), 1858, in-8, demi-rel. mar. bl. tr. sup. dor. n. rog.

589. Lettres de Gui Patin, nouvelle édition, par Réveillé-Parise. *Paris, Baillière*, 1846, 3 vol. in-8, demi-rel. mar. r. avec coins, tr. sup. dor. n. rog. (*Petit.*)

590. Correspondance inédite de Mabillon et de Montfaucon avec l'Italie, contenant un grand nombre de faits sur l'histoire religieuse et littéraire du XVIIe siècle, suivie des lettres inédites du P. Quesnel, etc., accompagnées de notices, d'éclaircissements et d'une table analytique, par M. Valery. *Paris, Guilbert*, 1847, 3 vol. in-8, br.

591. Lettres de l'abbé Lebeuf, publiées par la Société des sciences historiques et naturelles de l'Yonne sous la direc-

tion de MM. Quantin et Cherest. *Auxerre*, 1866, 2 vol. in-8, broché.

592. Lettres d'Alexis Piron. *Lyon*, *Perrin*, 1860, in-8, demi-rel. mar. r. tr. sup. dor. (*Capé.*)

---

593. Plutarque. Les Vies des hommes illustres, traduites par Amyot. *Paris, Vascosan*, 1565, 2 vol. in-fol. — Œuvres morales, 1572, 2 vol. in-fol. — Ensemble 4 vol. in-fol. v. br.

Exemplaire réglé.

594. Luciani Opuscula, Erasmo Roterodamo interprete. *Aldus*, 1506, pet. in-8, mar. la Vall. tr. dor. (*Ancre aldine sur les plats.*)

Le feuillet de souscription manque à la fin du volume.

595. Collection des auteurs latins avec la traduction en français, publiée sous la direction de M. Nisard. *Paris, J. Dubochet-Lechevalier*, 1849, 27 vol. gr. in-8, demi-rel. mar. brun, dos orné, tr. jasp.

596. Morlini novellæ, fabulæ, comœdia. *Lutetiæ Parisiorum Jannet*, 1855, in-12, mar. r. tr. dor.

597. Œuvres complètes du roi René, avec une biographie et des notices, par M. le comte de Quatrebarbes, et un grand nombre de dessins et ornements d'après les tableaux et manuscrits originaux, par M. Hawke. *Angers*, 1845, 2 tom. en 1 vol. in-4, demi-rel. v. bleu.

598. Œuvres complètes de Pierre de Bourdeille, abbé séculier de Brantôme, publiées par J.-A.-C. Buchon. *Paris* 1848, 2 vol. gr. in-8, texte à 2 col. demi-rel. chagr. r.

599. La Manière de bien traduire d'une langue en autre, autheur Estienne Dolet. *Lyon*, 1540.— Genethliacum. *Lugd.*, 1539. — L'Avant-Naissance, 1539. — Le Second Enfer, 1544. — Cantique d'Estienne Dolet. — Procès d'Estienne Dolet, 1543-1546. — 6 part. en 1 vol. pet. in-8, chagr.

Réimpressions faites par Techener et tirées sur papier de Hollande.

600. Les Œuvres du sieur de Balzac. *Amsterdam, chez Daniel Elzevier*, 1664, in-12, front. gravé, mar. r. fil. tr. dor. (*Rel. anc.*)

Mouillures.

601. Œuvres de Chapelle et de Bachaumont, nouvelle édition, précédée d'une notice par Tenant de Latour. *Paris, Jouaust*, 1854, in-12, mar. r. jans. tr. dor.

602. Les Œuvres posthumes de N. de la Fontaine. *Paris, Guillaume de Luyne*, 1696, in-12 vélin.

603. Maucroix. Les Œuvres diverses, publiées par Louis Paris. *Paris*, 1844, 2 vol. in-12, br.

604. Œuvres de Montesquieu. *Paris, Leroux*, 1828, 8 vol. in-8, demi-rel. chagr. n. rog.

Exemplaire en grand papier vélin.

605. Œuvres inédites de P.-J. Grosley, publiées par L.-M. Patris-Debreuil. *Paris*, 1812, 3 vol. in-8, portrait, demi-rel. v. rose.

606. Œuvres complètes de M. le vicomte de Chateaubriand, membre de l'Académie française. *Paris, Furne*, 1834, 4 vol. gr. in-8, texte à deux col. gravures et portraits, demi-rel. v. rouge, fil. tr. marbr.

607. Œuvres de Louis-Napoléon Bonaparte, publiées par M. Ch.-Ed. Tremblaire. *Paris*, 1848, 3 vol. in-8, br.

HISTOIRE.

I. HISTOIRE UNIVERSELLE. — VOYAGES.

608. Introduction à l'histoire universelle, par Michelet, *Paris, L. Hachette*, 1843, in-8, demi-rel. v. f.

609. Discours sur l'histoire universelle, par Bossuet. *Paris, Lefèvre*, 1823, 2 vol. gr. in-8, 2 portraits ajoutés, demi-rel. v. vert, n. rog.

Exemplaire en grand papier vélin.

610. Discours sur l'histoire universelle, par Bossuet, avec une préface par M. Poujoulat, gravures à l'eau-forte par V. Foulquier. *Tours, Alfr. Mame*, 1870, in-4, br.

Exemplaire en grand papier de Hollande.

611. Les Genealogies, faitz et gestes des sainctz pères, papes, empereurs et roys de Frãce, contenant les heresies, scismes et cõcilles, guerres et aultres choses dignes de mémoire aduenues tant en la chrestienté que aultre pays etrange et

barbare durant le règne dung chascun d'iceulx, composé en latin par le tres renommé et scientifique historiographe Jehan Platine et nouuellement translaté de latin en frãçoys en l'an mil cinq cents et dix-neuf. *Ils se vendent à Paris, sur le pont Nostre-Dame, à l'enseigne de la Gallée, pour Galliot du Pré, s. d.*, petit in-fol. car. ronds, figures, v. brun. (*Armoiries sur les plats.*)

Les deux derniers feuillets sont raccommodés.

612. Valerii Maximi dictorum factorumque memorabilium libri IX. *Amstel., typis Danielis Elzevirii*, 1671, in-12, demi-rel. mar. r. n. rog.

613. Tableau chronologique, historique et critique des papes, patriarches et évesques de tous les siéges de France. *S. l. n. d.*, 5 vol. in-fol. br.

Manuscrit comprenant environ 2,500 pages.

614. Voyage en Grèce et dans le Levant, fait en 1843 et 1844, par A.-M. Chenavard, architecte. *Lyon, impr. L. Perrin*, 1858, gr. in-fol. demi-rel. avec coins, mar, viol fil. doré en tête, n. rog.

615. Vues d'Italie, de Sicile et d'Istrie, par M. A. Chenavard, architecte. *Lyon, L. Perrin*, 1861, in-4 obl. cart. 12 pl.

616. Voyages historiques, littéraires et artistiques en Italie, guide raisonné et complet du voyageur et de l'artiste, par M. Valery. *Paris, Aimé André et Baudry*, 1838, 3 vol. in-8, carte, demi-rel. v. viol.

617. Voyage dans la Russie méridionale et la Crimée par la Hongrie, la Valachie et la Moldavie, par M. Anatole de Demidoff, illustré par Raffet. *Paris, Ém. Bourdin*, 1854, gr. in-8, figures noires et en coul. demi-rel. chagr. vert.

618. Six Mois en Orient en 1851 et 1852, par M. J. Bottu de Limas. *Lyon, N. Scheuring*, 1861, in-8, br.

Un des quinze exemplaires avec les figures sur papier de Chine.

619. Journal de mer du voyage fait à la Chine par M. Winslow en 1707, in-fol. br.

Manuscrit sur papier de Chine.

II. HISTOIRE ANCIENNE.

620. Histoire de la démocratie athénienne, par A. Filon. *Paris, Aug. Durand*, 1854, in-8, demi-rel. avec coins v. bleu, doré en tête, n. rog.

621. Diodori Siculi scriptoris græci libri duo, latinitate donavit Angelus episcopus Bononiensis. *Impressum Venetiis*, 1517, in-fol. car. ronds, demi-rel. n. rogné.

622. Q. Curtii Rufi de rebus gestis Alexandri Magni. *Parisiis, Barbou*, 1757, in-12, demi-rel. mar. n. rog.

623. La Grèce, vues pittoresques et topographiques, dessinées par O.-M. baron de Stackelberg. *Paris*, 1834, 2 vol. gr. in-fol. demi-rel. mar. brun, n. rog.

624. Histoire romaine par Théodore Mommsen, traduite par C.-A. Alexandre. *Paris, A. Franck*, 1863-1872, 8 vol. in-8, broché.

625. Épitome de l'histoire romaine, par Florus, et mis en françois. *Paris*, *Thomas Jolly*, 1670, in-12, mar. v. fil, tr. dor. (*Anc. rel.*)

626. Histoire des grands chemins de l'empire romain, par Nicolas Bergier. *Bruxelles*, 1728, 2 vol. in-4, v. br. figures.

Exemplaire en grand papier.

627. C. Sigonii in fastos consulares ac triumphos romanos commentarius. *Venetiis*, *apud Paulum Manutium*, 1556, in-fol. v. f.

628. Histoire de la république romaine, par Michelet. *Paris*, *L. Hachette*, 1843, 2 vol. in-8, demi-rel. v. f.

629. Études sur l'histoire romaine, par Prosper Mérimée. — Guerre sociale et conjuration de Catilina. *Paris*, *V. Magen*, 1844, 2 vol. in-8, br.

630. C. Julii Cæsaris Commentarii de Bellis Gallico et civili, aliorum de Bellis Alexandrino, africano et hispaniensi, annotatione critica instruxit F. Dübner. *Parisiis*, *ex Typographeo imperiali*, 1867, 2 vol. in-4, br.

631. Histoire de Jules César (par l'empereur Napoléon III). *Paris*, *Impr. impériale*, 1865, 2 vol. gr. in-4, cartes, color. brochés.

Exemplaire en grand papier vélin.

632. Alesia. Études sur la septième campagne de César en Gaule. *Paris*, *Michel Lévy*, 1859, in-8, portrait, demi-rel. mar. bl. tr. sup. dor. n. rog. (*Capé.*)

633. Alesia (septième campagne de J. César), suivie d'un appendice renfermant des notes inédites écrites de la main de Napoléon Ier sur les Commentaires de Jules César, par Ern. Desjardins. *Paris*, *Didier*, 1859, in-8, br.

634. C. Cornelius Tacitus, cum optimis exemplaribus collatus. *Amstelodami*, *sumptibus societatis*, 1701, in-16, demi-rel. mar. n. rog.

635. Œuvres complètes de Tacite, traduction nouvelle avec le texte en regard, des variantes et des notes, par J.-L. Burnouf. *Paris, L. Hachette*, 1833, 6 vol. in-8, demi-rel. chagr. vert, fil. tr. jasp.

636. L'Histoire romaine à Rome, par J.-J. Ampère. *Paris, Mich. Lévy fr.*, 1862-1864, 4 vol. in-8, br.

637. L'Empire romain à Rome, par J.-J. Ampère. *Paris, Mich. Lévy fr.*, 1871, 2 vol. in-8, br.

III. HISTOIRE DE FRANCE.

638. Roberti Gaguini de Origine et Gestis Francorum. (A la fin :) *Impressum Lugduni... diligenti accuratione Jodoci Badii Ascensii, anno* 1497, in-fol. car. r.

Seconde édition de cet ouvrage, la première édition, de 1495, citée par l'auteur, est inconnue jusqu'à ce jour.

639. Fr. Hotomani jurisconsulti Franco-Gallia. *Ex officina Bertulphi*, 1576. — Matagonis monitoriale adversus Italo-Galliam Antonii Matharelli, 1578. — Strigilis Papirii Massonis, sive remediale contra rabiosam frenesim Papirii Massonis, 1578. — 3 part. en vol. in-8, v.

Exemplaire de Perrin de Sanson et de d'Aguesseau, avec quelques corrections de sa main.

640. Précis historique de l'ancienne Gaule, ou Recherches sur l'état des Gaules avant la conquête de César, par Th. Berlier. *Bruxelles*, 1822, in-8, br.

641. De l'État civil des personnes et de la condition des terres dans les Gaules, par Perreciot. *Paris, Dumoulin*, 1845, 3 vol. in-8, cartonnés.

642. Essai sur le système des divisions territoriales de la Gaule, par Guérard. *Paris, Impr. roy.*, 1832, in-8, demi-rel.

643. Histoire de la Gaule méridionale sous la domination des conquérants germains, par M. Fauriel. *Paris, Paulin*, 1836, 4 vol. in-8, demi-rel. v. viol.

644. Histoire de France, par Mézeray. *Paris, Guillemot*, 1643-1651, 3 vol. in-fol. v. br.

Exemplaire de Cuvier avec tous les cartons.

645. Histoire de France depuis les temps les plus reculés jusqu'en 1789, par Henri Martin. *Paris, Furne*, 1855, 17 v. in-8, br.

646. Histoire de France jusqu'au XVIe siècle par J. Michelet. *Paris, L. Hachette*, 1852, 6 vol. in-8 demi-rel. v. fauve tr. jasp.

647. Nouvelle Collection des mémoires pour servir à l'histoire de France depuis le XIIIe siècle jusqu'à la fin du XVIIIe publiée par MM. Michaud et Poujoulat. *Paris, Guiot fr.* 1812, 32 vol. texte à deux col., gr. in-8 demi-rel. chagr. rouge, tr. jasp.

648. Collection des mémoires publiés par la Société de l'Histoire de France. *Paris, Renouard*, 1835-76, 141 vol. in-8, rel. et brochés.

OUVRAGES RELIÉS : Mémoires de Marguerite de Valois. — Procès de Jeanne d'Arc, 5 vol. — Bibliographie des Mazarinades, 3 vol. — Grégoire de Tours, 4 vol. — Journal de Barbier, 4 vol., dont un broché. — Lettres de Mazarin à la reine, 1 vol. — Richer. Histoire de son temps, 2 vol. = 20 vol.

OUVRAGES BROCHÉS : Chronique de Jean Lefèvre. — Récit d'un ménestrel de Reims. — Chronique de saint Martial. — Histoire de Béarn et de Navarre. — Chroniques des églises d'Anjou. — Les Annales de Saint-Bertin. Chronique du roi François Ier. — Lettres inédites d'Henri IV. — Joinville. — Suger. — La Chronique de Loys de Bourbon. — Lettres de Marguerite d'Angoulême. — Comptes de l'hôtel. — Chronique d'Ernoul. — Nouvelles Lettres de la reine de Navarre. — Mémoires de P. de Fenin. — L'Ystoire de li Normant. — Rouleaux des morts. — Chroniques des premiers Valois. — Les Miracles de saint Benoît. — Mémoires de Marguerite de Valois. — Histoire des ducs de Normandie. — Villehardouin. — Mémoires de Coligny-Saligny. — Mémoires de Beauvais-Nangis. — Comptes et Nouveaux Comptes de l'argenterie des rois de France. — Journal d'un bourgeois de Paris. = Ensemble 28 volumes.

OUVRAGES EN PLUSIEURS VOL. : Œuvres de Brantôme, 9 vol. — Chroniques de Froissart, 5 tomes en 6 vol. — Registres de l'Hôtel-de-Ville, 3 vol. — Mémoires d'Argenson, 9 vol. — Chronique d'Enguerrand de Monstrelet, 6 vol. — Orderic Vital, 5 vol. — Guillaume de Nangis, 2 vol. — Mathieu Molé, 4 vol. — Histoire des règnes de Charles VII et de Louis XI, 4 vol. — Chroniques d'Anjou, introduction et tome Ier, 2 vol. — Chansons de la Croisade contre les Albigeois, tome Ier. — Le Livre des miracles, 4 vol. — La Vie de saint Louis, 6 vol. — Les Chroniques de Mathieu d'Escouchy, 3 vol. — Journal de Bassompierre, 3 vol. — Pièces inédites du règne de Charles VI, 2 vol. — Mémoires de Mme de Mornay, 2 vol. — Daniel de Cosnac, 2 vol. — Les Coutumes de Beauvoisis, 2 vol. — Choix de Mazarinades, 2 vol. — Correspondance de Maximilien, 2 vol. — Anciennes Chroniques d'Angleterre, 3 vol. — Mémoires de Philippe de Commines avec la préface, 4 vol. — Œuvres d'Éginhard, 2 vol. = 93 vol.

Annuaires, Bulletins de la Société de l'Histoire de France. *Paris, Renouard*, 1834-35, 1849, 1850-52, 1862 à 1864-66 à 1875, 7 vol. rel. et le reste en feuillets.

(Cette partie de la collection est vendue sans garantie.)

649. Description historique et géographique de la France ancienne et moderne, enrichie de plusieurs cartes géographiques. *S. l.*, 1722, 2 parties en 1 vol. in-fol. v. brun. (*Armoiries sur les plats.*)

650. La Grand'Monarchie de France, composée par mess. Claude de Seyssel. *Paris, Galliot du Pré,* 1558, pet. in-8, v. bl. fil. tr. dor.

651. Histoire abrégée de tous les roys de France, Angleterre et Escosse, par David Chambre. *Paris, Robert Coulombel,* 1579, pet. in-8, mar. r. tr. dor. (*Capé.*)

Dans le même volume : *La Recherche des singularités les plus remarquables concernant l'estat d'Escosse.* — Discours de la légitime succession des femmes, 1579. Ce dernier est précédé de deux titres différents.

652. Annales de la monarchie françoise depuis Pharamond jusqu'à la majorité de Louis XV, par M. de Limiers, docteur en droit. *Amsterdam, chez l'Honoré et Châtelain,* 1724, 2 tomes en 1 vol. gr. in-fol. planches et médailles, v. brun.

653. Traicté de l'origine, progrès et excellence du royaume et monarchie des François et couronne de France, par messire Charles Du Molin. *Paris,* 1561, pet. in-8, v. f. fil. tr. dor. (*Kœhler.*)

654. Dissertations sur différents sujets de l'histoire de France, par M. Bullet, professeur royal de théologie. *A Besançon, et se trouvent à Paris et à Lyon,* 1759, pet. in-8, dem.-cart. percal.

655. Curiosités historiques, ou Recueil de pièces utiles à l'histoire de France et qui n'ont jamais paru. *Amsterdam,* 1759, 2 vol. pet. in-12, demi-rel. v. f. n. rog.

656. Observations sur l'histoire de France, par l'abbé de Mably; nouvelle édition, revue par M. Guizot. *Paris, J. Brière,* 1823, 3 vol. in-8, *portrait,* demi-rel. v. f.

657. Lettres sur l'histoire de France, dix ans d'études historiques, par Augustin Thierry. *Paris, Furne,* 1852, in-8, broch.

658. Dissertations sur la mythologie françoise et sur plusieurs points curieux de l'histoire de France, par Bullet. *Paris,* 1771, in-12, v.

659. Recueil de divers écrits pour servir d'éclaircissements à l'histoire de France et de supplément à la Notice des Gaules, par l'abbé Lebeuf. *Paris, Barrois,* 1738, 2 vol. in-12, demi-rel. v. f.

Exemplaire non rogné.

660. Traictez des premiers officiers de la coronne de France soubz nos roys de la première, seconde et troizième lignée, par André Fauyn, Parisien. *A Paris, chez Henry Bourriquant,* 1613, in-8, v. f. antiq. tr. dor.

661. Dissertation sur l'origine et les fonctions essentielles du Parlement, sur la pairie et sur les loix fondamentales de la monarchie françoise. *Amsterdam*, 1764, in-12, v. f. fil. tr. dor. (*Duru.*)

662. Des Cérémonies du sacre, ou Recherches historiques et critiques sur les mœurs, les coutumes, les institutions et le droit public des Français dans l'ancienne monarchie, par M. C. Leber. *Paris et Reims*, 1825, in-8, broch. (*Planches.*)

663. Le Sacre et coronnement du roy de France, avec toutes les cérémonies qui se font audit sacre, en l'église métropolitaine de Reims. *A Reims, chez Jean Toigny*, 1575. — Discours du sacre et coronnement du tr.-chrét. roy de France, par Jean Champagne, 1575. — 2 part. en 1 vol. pet. in-8, demi-rel. v. f.

664. Les Archives de la France, par Henri Bordier. *Paris, Dumoulin*, 1855, in-8, br.

665. Histoire de la vie privée des Français, par Le Grand d'Aussy. *Paris, Pierres*, 1782, 4 vol. in-8, v.

666. Essai sur l'histoire de la formation et des progrès du tiers-état, par Augustin Thierry. *Paris, Furne*, 1853, in-8, br. (*Portrait.*)

667. Récits des temps mérovingiens, par Aug. Thierry. *Paris, Furne*, 1852, gr. in-8, br.

668. De Origine et Atavis Hugonis Capeti, illorumque cum Carolo Magno, Clodoveo atque antiquis Francorum regibus, agnatione et gente Matthæi Zampini. *Parisiis*, 1581, in-8, vélin.

Exemplaire de M. Coste (n° 2249); il est couvert de notes de la main de Regnier de la Planche, à qui l'on attribue plusieurs ouvrages historiques; sa signature est sur le titre.

669. Dissertations de l'abbé Lebeuf. — 1° Recherches sur les plus anciennes traductions de la langue françoise (1741). — 2° Dissertation sur l'origine de l'imprimerie, par Schepfin (1741). — 3° Notice sommaire de deux volumes de poésies françoises et latines : *le Dict du Vergier* et *le Jugement du bon roy de Behaigne* (1746). — 4° Notices raisonnées sur les Annales védastines, détails curieux sur l'histoire de France de la fin du IXe siècle, règne d'Eudes (1749). In-4, demi-rel. v. f.

670. Œuvres de Jean, sire de Joinville, comprenant l'histoire de saint Louis, le Credo et la lettre à Louis X, avec un texte rapproché du français moderne, mis en regard du texte original, par M. Natalis de Wailly. *Paris, Adr. Le-*

clère, 1867, gr. in-8, demi-rel. avec coins mar. rouge, fil. dos mosaïque, dor. en tête, n. rog. (*C. Briotet.*)

671. Histoire de saint Louis, par Jehan, sire de Joinville (publiée par Capperonnier). *Paris, Impr. royale*, 1761, in-fol. v. (*Aux armes de France.*)

Aux armes de France.

672. Les Grans Croniques de France, dites *Croniques de S. Denis*, publiées d'après les manuscrits. *Paris, Crozet*, 1837, in-8, br.

673. Les Chroniques de sire Jean Froissart, publiées par J.-A.-C. Buchon. *Paris, Aug. Desrez*, 1828, 3 vol. gr. in-8, texte à deux col. demi-rel. chagr. rouge.

674. Chroniques d'Enguerrand de Monstrelet, publiées par J.-A.-C. Buchon. *Paris, Société du Panthéon littéraire*, 1842, gr. in-8, texte à deux col. demi-rel. chagr. rouge.

675. La France au temps des Croisades, ou Recherches sur les mœurs et coutumes des Français aux XIIe et XIIIe siècles, par M. le vicomte de Vaublanc. *Paris, J. Techener*, 1844-1847, 4 vol. in-8, *figures*, demi-rel. v. f. n. rog. (*Galette.*)

676. Traité concernant l'histoire de France, savoir : la condamnation des Templiers, avec quelques actes, l'histoire du schisme, les papes tenant le siége en Avignon, et quelques procez criminels, composez par M. Dupuy. *Paris*, 1654, in-4, v. antiq.

677. Jeanne d'Arc, ou Coup d'œil sur les révolutions de France au temps de Charles VI et de Charles VII, et surtout de la Pucelle d'Orléans, par M. Berriat-Saint-Prix. *Paris, Pillet*, 1817, in-8, *portrait de Jeanne d'Arc*, demi-rel. mar. rouge, dor. en tête, n. rog.

678. Jacques Cœur et Charles VII, ou la France au XVe siècle, étude historique, par M. Pierre Clément. *Paris, Guillaumin*, 1853, 2 tomes en 1 vol. in-8, *portrait*, demi-rel. avec coins mar. rouge, dor. en tête, n. rog.

679. Histoire de l'administration monarchique en France depuis l'avénement de Philippe-Auguste jusqu'à la mort de Louis XIV, par A. Chéruel. *Paris, Dezobry et E. Magdeleine*, 1855, 2 vol. in-8, demi-rel. avec coins, v. f. fil. dor. en tête, non rog.

680. Histoire du seigneur de Bayard, par Alfred de Terrebasse. *Lyon*, 1832, in-8, demi-rel. mar. bl. tête dor. n. rog. (*Capé.*)

L'un des quatre exemplaires sur papier de couleur.

681. Histoire des Français des divers états aux cinq derniers siècles, par Alexis Monteil. *Paris, Coquebert*, 1846, 5 vol. gr. in-8, demi-rel. mar. v.

682. Mémoires de Gaspard de Saulx, seigneur de Tavannes, maréchal de France. *S. l. n. d.*, in-fol, *portrait*, vél.

De 1530 à 1573, dressés par son second fils, Jean de Saulx, vicomte de Tavannes, avec les Mémoires de ce dernier de 1573 jusqu'en 1596, ces Mémoires ont été recueillis par Ch. de Neufchaise, neveu de Gaspard de Saulx, et imprimés au château de Lugny, près d'Autun, appartenant à la maison de Tavannes.

683. Discours des Dames illustres de Brantôme. In-fol. v. br.

Manuscrit du dix-septième siècle.

684. Recueil de trente-neuf figures représentant les calamités de la France de 1562 à 1586. *Lyon, L. Perrin*, 1841, in-4, br. (*Planches tirées en vert.*)

Ces trente-neuf figures et leur explication sont un tirage à part de la publication faite du manuscrit *de Tristibus Franciæ*, appartenant à la bibliothèque publique de Lyon.

On a ajouté à cet exemplaire la notice sur le poëme latin *de Tristibus Franciæ*, édité par M. Léon Cailhava. *Lyon*, 1842, tr. gr. in-8 de 20 pages avec figures.

685. La Légende de Charles, cardinal de Lorraine, et de ses frères de la maison de Guise. *Reims, Pierre Martin*, 1579, pet. in-8, demi-rel.

686. Recueil et discours du voyage du roy Charles IX, de ce nom, à présent régnant, accompagné des choses dignes de mémoire, faites en chacun endroit, faisant son dit voyage en ses païs et province de Champaigne, Bourgoigne, Daulphiné, Provence, Languedoc, Gascogne, Bacône et plusieurs autres lieux, suyvant son retour depuis son partement de Paris iusques à son retour audit lieu, faict et recueilli par Abel Jouan, l'un des serviteurs de Sa Majesté à Lyon, par Benoît Rigaud, 1567, pet. in-12, de 47 ff. parch.

Vente Bergeret, n° 1825.

687. Discours merveilleux de la vie, actions et déportements de Catherine de Médicis, reine-mère. *Selon la copie imprimée à Paris*, 1640, pet. in-12, v. f. antiq. fil. tr. marbr.

688. Charles Labitte. De la Démocratie chez les prédicateurs de la Ligue. *Paris, Jaubert*, 1841. — De la Démocratie en France, par M. Guizot. *Paris, Masson*, 1849, 2 part. en 1 vol. in-8, demi-rel.

689. La Fatalité de Saint-Cloud, près Paris. *S. l.*, 1672, in-12, v. f. fil. tr. dor. (*Simier.*)

690. Congratulation au Roy sur sa victoire et heureux succès contre l'Estranger, par Estienne Pasquier. *Paris, Abel Langelier*, 1588, in-12, demi-rel. mar. br. (*Capé.*)

691. Mémoire de Pierre de Miraulmont, conseiller du roi en la chambre du trésor. *A Paris, pour Abel Langelier*, 1584, in-8, parch.

692. Cérémonies de l'abjuration de Henri IV, prononcée à Saint-Denis le 27e jour de juillet 1593. *Paris, Aubry* 1858, in-12, mar. bl. tr. dor. (*Capé.*)

Armes de France sur les plats. Réimpression à 50 exemplaires par les soins du prince Augustin Galitzin.

693. Histoire des amours de Henri IV. *A Leyde, chez Jean Sambix (à la Sphère)*. 1663, in-12, v.

694. Recueil des lettres missives de Henri IV, publiées par M. Berger de Xivrey. *Paris, Impr. royale*, 1843-1858, 7 vol. in-4, cart.

De la collection des *Documents sur l'histoire de France*.
Exemplaire en grand papier vélin.
Exemplaire de M. de Monmerqué avec deux pages autographes de sa main.

695. L'Accueil de Madame de la Guiche à Lyon, le lundy vingt-septième d'avril M. D. XCVIII, publié jouxte la copie imprimée à Lyon, la même année, par M. P. Allut. *Et se trouve à Lyon en la boutique de M. Scheuring, libraire*, 1861, br. in-8.

Un des trois exemplaires sur papier de Hollande.

696. Le Paisan françois. *S. l. n. d.*, 1609, pet. in-8, v. f. fil. tr. dor. (*Capé.*)

Sur le titre une gravure représentant le *Paysan françois* mettant ses instruments aratoires aux pieds de Henri IV à cheval. Le premier feuillet est restauré.

697. Journal inédit d'Arnauld d'Andilly (1614-1620), publié et annoté par Achille Halphen. *Paris, J. Techener*, 1857, in-8, demi-rel. avec coin v. f. fil. doré en tête n. rog.

698. Le Roi chez la Reine, ou Histoire secrète du mariage de Louis XIII et d'Anne d'Autriche. *Paris, Aug. Aubry*, 1864, in-8, vélin.

Titre calligraphié et chiffre de Louis XIII et d'Anne d'Autriche peints sur les plats.

699. Mémoire contenant ce qui s'est fait et passé en France, qui regarde le cardinal *de Retz*. 2 vol. in-fol. demi-rel. v.

Ce sont ici les Mémoires complets attribués à Claude Joly, dont il y a un extrait à la suite des Mémoires du cardinal de Retz. Ce manuscrit a été acheté à la vente de la bibliothèque de M. Bazin. La note écrite en tête de l'ouvrage et les annotations sont de la main de M. Bazin. (*Note de M. Moignon.*)

700. Mémoire de M. Joly, chantre de Notre-Dame, touchant les démêlés du cardinal de Retz, archevêque de Paris, avec la cour de France. *S. l. n. d.*, in-12, v. antiq. marbr.

Manuscrit autographe de 190 pages, du siècle dernier, d'une bonne écriture.

701. La Politique du temps, traitant de la puissance, autorité et du devoir des princes des divers gouvernements, jusques où l'on doit supposer la tyrannie. *Jouxte la copie imprimée à Paris*, 1650, in-12, parch.

702. Mémoires de Louis XIV, pour l'instruction du Dauphin, avec notes et éclaircissements par Ch. Dreyss. *Paris, Didier*, 1860, 2 vol. in-8, br.

703. Mémoires et réflexions sur les principaux événements du règne de Louis XIV, par M. D. L*** (de la Fare). *Amsterdam, chez J.-F. Bernard*, 1575, in-12, v. br.

704. Lemontey. Essai sur l'Établissement monarchique de Louis XIV. *Paris, Déterville*, 1818, in-8, demi-rel. mar. r. n. rogn.

Au chiffre du roi Louis-Philippe.

705. Le Gouvernement de Louis XIV, par Pierre Clément. *Paris, Guillaumin*, 1848, in-8, demi-rel. avec coins, tête dor. n. rogn. (*Trautz-Bauzonnet.*)

706. Mémoires pour servir à l'histoire de Louis XIV, par feu l'abbé de Choisy. *Utrecht*, 1727, 2 t. en 1 vol. in-12, v. br.

Exemplaire de Papillon, avec des notes de sa main et de Monmerqué, qui a collationné sur cet exemplaire le manuscrit original.

707. Bouclier d'Estat et de justice contre le dessein manifestement découvert de la monarchie universelle, sous le vain prétexte des prétentions de la reyne de France. *S. l.*, 1667, in-12 et rel. mar.

708. Actions de grâce pour la guérison du Roy. *Lyon, Thomas Amalibry*, 1687, in-12, v. f. (*Vogel.*)

709. Copie exacte des mémoires qui ont esté trouvez écrits de la main de feu Monsieur de Turenne. In-fol. demi-rel.

Manuscrit du XVIIe siècle.

710. Histoire de la vie et de l'administration de Colbert, contrôleur général des finances, précédée d'une étude historique sur Nicolas Fouquet, par M. Pierre Clément. *Paris, Guillaumin*, 1846, in-8. br. — Colbert, promoteur des grandes ordonnances de Louis XIV, par Alfred Aymé. *Paris*, 1860, br. in-8.

711. Mémoires ou Essai pour servir à l'histoire de F.-M. le Tellier, marquis de Louvois, ministre et secrétaire d'Etat de la guerre, sous le règne de Louis XIV. *A Amsterdam, chez Michel-Charles le Cène*, 1740, in-12, demi-rel. v. viol.

712. Le Duc de Saint-Simon, son cabinet et l'historique de ses manuscrits, d'après des documents authentiques et entièrement inédits, par Armand Baschet. *Paris, E. Plon*, 1874, in-8, br.

713. Mémoires de M. L. D. de N. (la duchesse de Nemours). *Cologne*, 1709, in-12, v. f. fil. tr. dor. (*Ve Niedrée.*)

714. Mémoires de Madame de la Guette, nouvelle édition, annotée par Moreau. *Paris, Jannet*, 1856, in-12, maroq. r. jans. tr. dor.

715. Les Historiettes de Tallemant des Réaux, mémoires pour servir à l'histoire du XVIIe siècle, publiés sur le manuscrit inédit et autographe, avec des éclaircissements et des notes par M. Monmerqué, de Châteaugiron et Taschereau. *Paris, Alph. Levavasseur*, 1834-35, 6 vol. in-8, demi-rel. v. f. n. rogn.

Première édition ; un des 4 exemplaires sur papier teinté.

716. Les Historiettes de Tallemant des Réaux. Troisième édition, publiée par MM. de Monmerqué et Paulin Paris. *Paris, J. Techener*, 1854-1860, 9 vol. in-8, br.

717. ÉTAT ET MENU GÉNÉRAL de la dépense ordinaire de la chambre aux deniers du roy. *Année* 1713, in-8, v. br.

Manuscrit d'environ 300 pages.

718. Ce qui s'est passé au Parlement à la mort de Louis quatorze, arrivée le 1er septembre 1715. *S. l. n. d.*, in-12, v. antiq. fil. tr. dor.

Manuscrit autographe de 487 pages et d'une très-belle écriture.
Exemplaire Monmerqué (no 3858).
Manuscrit intéressant pour l'Histoire du Parlement (de la collection Desmolets).

719. Chronique de la Régence et du règne de Louis XV, ou Journal de Barbier. *Paris, Charpentier*, 1857, 8 vol. in-12, broch.

720. Chroniques pittoresques et critiques de l'Œil-de-Bœuf, des petits appartements de la cour et des salons de Paris sous Louis XIV, Louis XV et Louis XVI, publiées par G. Touchard-Lafosse. *Paris, G. Barba*, 1845, 4 vol. in-12, demi-rel. v. f. n. rog.

721. Almanach royal. *Paris, chez Lebreton*, 1773, in-8 mar. rouge fil. tr. dor. (*Rel. anc.*)

722. Mémoires et Correspondance de la marquise de Courcelles, avec une Notice par M. Paul Pougin. *Paris, P. Jannet*, 1855, in-12 mar. r. tr. dor. (*Capé.*)

723. Correspondance secrète et familière de M. de Maupeou avec M. de Sor*** (Sorhouet), conseiller du nouveau Parlement, 1772 (3 parties). — Œufs rouges, Sorhouet mourant à M. de Maupeou, chancelier de France, 1772. — Le Maire du palais, 1771. — Ens. 3 pièces en 1 vol. in-12, v. antiq. marbr.

A la suite de ce recueil on a ajouté en pièces manuscrites du temps : *Lettre d'un homme à un autre homme sur l'extinction de l'ancien Parlement et la création du nouveau. — Remontrances au roy par les épouses des officiers exilés. — Enterrement du Parlement.*

724. Affaire du Collier. Mémoires inédits du comte de la Motte-Valois sur sa vie et son époque (1754-1830), publiés par L. Lacour. *Paris, Poulet-Malassis*, 1858, in-12, br.

725. Correspondance de Louis-Philippe-Joseph d'Orléans avec Louis XVI, la reine, etc. *Paris*, 1800, in-8 demi-rel. mar. n. rogné.

Exemplaire du roi Louis-Philippe.

726. Almanach royal, année bissextile 1788, *Paris, veuve Houry et Debure*, in-8, mar. rouge, à comp. tr. dor. (*Armoiries sur les plats.*)

727. Réimpression de l'ancien Moniteur (1789-99). *Paris*, 1843, 31 vol. gr. in-8, demi-rel. v. f.

Bel exemplaire.

728. Histoire de la Révolution française, par A. Thiers et Félix Bodin. *Paris, Lecointre et Durey*, 1823-28, 10 vol. in-8, demi-rel. v. bleu, tr. marbr.

PREMIÈRE ÉDITION.

729. Histoire de la Révolution française, depuis 1789 jusqu'en 1814, par E.-A. Mignet. *Paris, Firmin-Didot fr.*, 1836, 2 vol. in-8, *figures*, demi-rel. v. f. tr. marbr.

730. Histoire-Musée de la république française, par Aug. Challamel. *Paris*, 1842, 2 vol. gr. in-8, figures, cartonnés, non rognés.

Première édition, très-rare.

731. Musée de la Révolution. — Histoire chronologique de la Révolution française, ornée de gravures sur acier, par Frilley, d'après les dessins de Raffet. *Paris, Perrotin*, 1834, in-8. br. (*44 planches sur chine.*)

Exemplaire de souscription. (Note mss.)

732. Histoire de la Convention nationale, par de Barante. *Paris, Furne*, 1851, 6 vol. in-8, brochés.

733. Histoire secrète du Tribunal révolutionnaire, par de Proussinalle. *Paris*, 1815, 2 vol. in-8, demi-rel. mar. r. n. rog.

Exemplaire du roi Louis-Philippe, avec ses armes sur le dos de la reliure.

734. Histoire de la Terreur, 1792-1794, d'après les documents authentiques et des pièces inédites, par M. Mortimer-Ternaux. *Paris, Mich. Lévy fr.*, 1862-69, 7 vol. in-8, brochés.

735. Les Travailleurs de septembre 1792, documents sur la Terreur, par le comte Horace de Viel-Castel. *Paris, Dentu*, 1862, br. in-12.

736. Marat, l'ami du peuple, par Alf. Bougeart. *Paris, A. Lacroix*, 1865, 2 vol. in-8, br.

737. Les Hommes de la Révolution peints d'après nature, par Coste d'Arnobat. *Paris*, 1830, gr. in-8, papier de Hollande, demi-rel. mar.

738. Collection de matériaux pour l'histoire de la Révolution de France, depuis 1787 jusqu'à ce jour. — Bibliographie de journaux, par M. Deschiens. *Paris, Barrois l'aîné*, 1829, in-8, br.

739. Histoire du Consulat et de l'Empire, par M. A. Thiers, *Paris, Paulin*, 1845, *Lheureux*, 1862, 20 vol. in-8, br.

740. Histoire de Napoléon, par M. de Norvins, vignettes par Raffet. *Paris, Furne*, 1839. gr. in-8, demi-rel. v. fauve.

Exemplaire de premier tirage.

741. Histoire de l'empereur Napoléon, par P.-M. Laurent de l'Ardèche, illustrée par Horace Vernet. *Paris, J. Dubochet*, 1840, gr. in-8, demi-rel. mar. viol.

742. Napoléon Ier et la Garde impériale, par Eugène Fieffé, dessins par Raffet. *Paris, Furne fils*, 1859, in-4, br. (*Planches de costumes en coul.*)

743. Mémorial de Sainte-Hélène, par le comte de Las Cases, suivi de Napoléon dans l'exil, par MM. O'Meara et Antomarchi et de l'Historique de la translation des restes mortels de l'empereur Napoléon aux Invalides. *Paris, Ern. Bourdin*, 1842, 2 vol. gr. in-8, figures sur chine hors texte et vignettes int. demi-rel. avec coins, mar. bleu, fil. tr. jasp.

744. Mémoires de Joseph Fouché, duc d'Otrante, ministre de la police générale. *Paris, chez Lerouge*, 1824, 2 vol. in-8, portrait, v. vert, dent. tr. marbr.

745. Annuaires historiques, ou Histoire politique et littéraire de l'année 1818 à 1856, par C.-L. Lesur. *Paris*, 1819-1856, 39 vol. gr. in-8, demi-rel. mar. r. tr. jasp. (Le dernier volume est broché.)

Collection complète, comprenant les années 1819-24 (très-rare), 1830 (rare), 1844 des plus difficiles à trouver, le plus grand nombre des exemplaires ayant été brûlé.

L'Annuaire universel historique, fondé par Lesur en 1818, continué par Teucé, de 1832 à 1844, repris alors par MM. Fouquier et Desprez, semble s'être arrêté.

L'exemplaire a été relié en entier par Boutigny. (*Note mss.*)

746. Mémoires pour servir à l'Histoire de mon temps, par M. Guizot. *Paris*, *Mich. Lévy fr.*, 1858-64, 8 vol. in-8, br.

747. F. Guizot. — Du Gouvernement de la France, depuis la Restauration. — Des Moyens de gouvernement et d'opposition dans l'état actuel de la France. *Paris*, *Ladvocat*, 1821. — Ens. 2 vol. in-8, demi-rel. v. f. n. rog.

Exemplaire du roi Louis-Philippe.

748. Revue française. *Paris*, *A. Sautelet,* 1828-1830, 8 vol. in-8, demi-rel. v. f. tr. jasp.

De janvier 1828, premier numéro, à juillet 1830.

749. Les Murailles révolutionnaires, collection complète des proclamations, professions de foi, affiches, etc., Paris et les départements, depuis février 1848 (publiées par Alfr. Delvau). *Paris*, *J. Bry aîné,* 1854, 2 vol. in-4, br.

Lettre autographe, signée, de M. Alf. Delvau, relative à la candidature du citoyen Guyon, datée du 2 décembre 1848.

750. Bulletins de la République, émanés du ministère de l'intérieur, collection complète. *Paris,* 1848, in-12, demi-rel. mar. r. n. rogné.

751. Rapport de la commission d'enquête sur l'insurrection qui a éclaté dans la journée du 23 juin et sur les événements du 15 mai 1848, par le citoyen Bauchart, représentant de l'Aisne, 3 part. en 1 vol. in-4, demi-rel. v. rose.

IV. HISTOIRE DES VILLES ET DES PROVINCES DE FRANCE.

752. Dissertations sur l'histoire ecclésiastique et civile de Paris, par l'abbé Lebeuf. *Paris*, 1739, 3 vol. in-12, demi-rel. mar. r.

753. Des Anciennes Fourches patibulaires de Montfaucon, recherches touchant l'origine, l'emplacement, l'usage et la

description de ce gibet, avec plans et vue, et une notice sur les principaux personnages qui y ont été exposés, par A. de Lavillegille. *Paris, Techener*, 1836, in-8. demi-rel. v. f.

754. Les Rues de Paris, Paris ancien et moderne, par Louis Lurine. *Paris*, 1844. — Les Environs de Paris, sous la direction de Ch. Nodier et Louis Lurine, *s. d.* — 2 vol. gr. in-8, chag. *figures sur acier*.

755. Mémoires pour servir à l'histoire de la Sainte-Chapelle du Palais-Royal à Paris, recueillis par messire Gilles Dongois, chanoine de la même église, prestre licencié en théologie, etc. *S. l. n. d.*, in-4, demi-rel. avec coins, mar. f.

Manuscrit autographe de 816 pages.
Ces mémoires ont été revus et mis en ordre, après le décès de Gilles Dongois, par l'abbé de Tronchay, chanoine de la Sainte-Chapelle.
N° 115, du Catalogue de M. J.-B.-A. Lassus, architecte.

756. Versailles ancien et moderne, par le comte Alexandre de Laborde. *Paris*, 1841, gr. in-8. demi-rel. mar. r. tr. sup. dor. n. rogn. figures.

757. Versailles, salon des Croisades. *Gavard, s. d.*, in-fol. figures en couleurs.

758. Ouvrages et Opuscules relatifs à la Champagne, ens. 12 vol. br. in-8.

Recherches chronologiques, historiques et politiques sur la Champagne, par Ch.-Maxime Detorcy, 1832. — Histoire des comtes de Champagne et de Brie, par J.-B. Béraud, 1842, 2 vol. — Observation sur les monuments et établissements publics de la ville de Reims, par P.-A. Derodi-Géruzez, 1827. — Recherches de la noblesse de Champagne. — Essais historiques sur l'église de Saint-Remy, de Reims, etc.

759. Les Archives curieuses de la Champagne et de la Brie, par A. Assier. *Paris, J. Techener*, 1853, in-8. br.

760. Mémoires de Claude Haton, contenant le récit des événements accomplis de 1553 à 1582, principalement dans la Champagne et la Brie, publiés par M. Félix Bourquelot. *Paris, Impr. impériale*, 1857, 2 vol. in-4, br.

De la collection des *Documents sur l'histoire de France*.

761. Essai sur les grands hommes d'une partie de la Champagne, par un homme du pays (Hédoin de Ponsludon). *Amsterdam, Gogué*, 1768, in-8, demi-rel. v. f. n. rogné.

762. Mémoires historiques de la province de Champagne, par Baugier. *Chaalons*, 1721, 2 vol. in-12, portrait, mar. r. tr. dor. (*Anc. rel.*)

763. Le Dessein de l'histoire de Reims, par Nicolas Bergier. *A Reims*, 1635, in-4, v.

764. Description historique et statistique de la ville de Reims, par J.-B.-F. Géruzez. *Reims, Paris et Châlons*, 1817, 2 vol. in-8, cart. n. rog. figures.

765. Description historique de la ville de Reims, par Gérard Jacob (Kolb), ornée de 21 planches. *Reims, Brissart-Person, s. d.*, in-8, br.

766. Histoire de la ville, cité et université de Reims, métropolitaine de la Gaule Belgique, divisée en 12 livres, contenant l'estat ecclésiastique et civil du païs, par le R. P. Dom Guillaume Marlot. *Reims, Brissart-Binet*, 1843-46, 4 vol. in-4, figures, demi-rel. v. viol.

Publiée par les soins et aux frais de l'Académie de Reims.

Acheté à la vente de la bibliothèque du roi Louis-Philippe. Les lettres D. P. qui sont au dos indiquent que cet exemplaire faisait partie de la bibliothèque du *domaine privé*. (Note mss.)

767. Table chronologique extraite sur l'histoire de l'église, ville et province de Reims, composée par feu M. Pierre Cocquault, prêtre, chanoine de l'église de Reims. *A Reims, chez la veuve François Bernard*, 1650, in-4, demi-rel. mar. rouge. (*Joli fleuron sur le titre, représentant dans son ensemble la ville de Reims.*)

Le titre est remmargé.

768. La Chronique de Rains, publiée sur le manuscrit unique de la Bibliothèque du Roi, par Louis Paris. *Paris, Techener*, 1837, in-8, cart. n. rog.

769. Chanson nouvelle contenant le récit de ce qui est arrivé en la ville de Reims à l'encontre de Gensinistres. *Reims*, 1856, pet. in-12, pap. de Holl. demi-rel.

Tiré à 75 exemplaires.

770. Notre-Dame de Reims, par Prosper Tarbé, seconde édition illustrée d'un plan, de 6 gravures sur acier et de 25 gravures sur bois. *Reims, Quentin Dailly*, 1852, gr. in-8, br.

Un des 20 exemplaires tirés sur papier fort avec les eaux-fortes.

771. Reims. Essais historiques sur ses rues et ses monuments, par Prosper Tarbé. *Reims*, 1844, gr. in-4, v. f. fil. tr. dor. figures.

On a ajouté à cet exemplaire quelques planches d'autres ouvrages.

772. Remensiana. Historiettes, anecdotes, légendes et traditions du pays de Reims. *Reims*, 1745, in-18, demi-rel.

773. Reims, essais historiques sur ses rues et ses monuments, par Prosper Tarbé. *Reims, Quentin*, 1845, in-8, broché.

774. Archives administratives de la ville de Reims, 5 vol. — Archives législatives, 3 vol. — Collection pour servir à l'histoire des institutions dans l'intérieur de la cité, par Pierre Varin. *Paris, de l'impr. de Crapelet*, 1840-1848, 8 vol. in-4, demi-rel. v. f.

Exemplaire portant sur le dos les initiales couronnées du roi Louis-Philippe. De la collection des *Documents sur l'histoire de France*.

775. Discours de l'antiquité de l'eschevinage de la ville de Reims et des justes raisons qui ont meu les eschevins à maintenir ses droits et sa jurisdiction, pour servir de factum au procez qu'ils ont contre Mgr l'archevesque, duc de Reims, etc. *A Reims, chez Simon de Foigny*, 1628, in-12, parch.

776. Histoire de la ville de Lyon, par J.-B. Monfalcon, revue par C. Breghot du Lut et A. Péricaud, membres de l'Académie de Lyon, orné du portrait de l'auteur, de blasons, de plans et cartes. *Lyon, impr. de L. Perrin, et Paris, Dumoulin*, 1859, 3 vol. gr. in-8, et album de gravures sur chine publié par Laurent, libr. à Lyon, v. fauve, fil. tr. dor.

777. Inventaire des titres recueillis par Samuel Guichenon, suivi de pièces inédites concernant Lyon. *Lyon, Louis Perrin*, 1851, gr. in-8, demi-rel. tête dor. n. rog.

778. Nouveaux Mélanges biographiques et littéraires pour servir à l'histoire de la ville de Lyon, par M. C. Bréghot du Lut. *Lyon*, 1829-31, in-8, demi-rel. v. f.

779. Recherche des antiquités et curiosités de la ville de Lyon, par Spon. *Lyon, Perrin*, 1857, in-8, demi-rel. mar. la V. tr. sup. dor. n. rog. (*Capé*.)

780. Mélanges biographiques et littéraires, pour servir à l'histoire de Lyon, par M*** (Bréghot du Lut). *Lyon*, 1828, in-8, demi-rel. v. antiq.

781. Histoire des ducs de Bourbon et des comtes de Forez, par Jean-Marie de la Mure, prêtre, docteur en théologie, publiée pour la première fois d'après un manuscrit de la bibliothèque de Montbrison portant la date de 1675. *Paris, Potier*, 1860-68, 3 vol. in-4, br.

782. Aymari Rivallii de Allobrogibus libri IX. *Lugduni, Perrin*, 1844, in-8, demi-rel. mar. br. avec coins, n. r.

783. Lettres historiques des archives communales de la ville de Tours, depuis Charles VI jusqu'à la fin du règne de Henri IV (1416-1594), publiées par Victor Luzarche. *Tours, Alfred Mame*, 1861, in-8, br.

Exemplaire en grand papier de Hollande.

784. Blois et ses environs, 3e édition, revue, corrigée, augmentée et illustrée de 38 vignettes. *Blois et Paris*, 1862, in-12, br.

785. Mémoires de Fléchier sur les grands jours tenus à Clermont en 1665-1666, publiés par B. Gonod, bibliothécaire. *Paris, Porquet*, 1844, gr. in-8, 2 portraits ajoutés, demi-rel. avec coins, mar. vert. fil. dos orné, doré en tête, n. rog. (*Vogel.*)

Un des 5 exemplaires tirés sur grand papier vélin. Exemplaire de M. de Monmerqué, avec une page autographe signée.

786. Histoire de Provins, par Félix Bourquelot. *Provins et Paris*, 1839-40, 2 tomes en 1 vol. in-8, figures, demi-rel. avec coins, v. fauve, fil. tr. jasp.

787. Promenade de Dieppe aux montagnes d'Écosse, par Ch. Nodier. *Paris, J. Barba*, 1831, in-12, br. figures et carte.

788. Les Archives historiques du département de l'Aube et de l'ancien diocèse de Troyes. *Troyes*, 1841, in-8, demi-rel.

789. Mémoires de l'Académie des sciences, inscriptions, belles-lettres, beaux-arts, etc., ci-devant établie à Troyes en Champagne. *S. l.*, 1768, in-12, demi-rel. v. f. doré en tête, n. rog.

790. Mémoires historiques et critiques pour l'histoire de Troyes, par M. Grosley. *Paris, et Troyes*, 1811, 2 vol. in-8, *portraits et cartes*, demi-rel. v. rose.

791. Mémoires concernant l'histoire ecclésiastique et civile d'Auxerre, par M. l'abbé Lebeuf. *Paris*, *chez Durand*, 1743, 2 vol. in-4, demi-rel. bas.

Est ajouté à cet exemplaire : la Carte du diocèse d'Auxerre, corrigée par l'abbé Lebœuf, et dédiée à Mgr Ch. de Caylus, évêque d'Auxerre.

792. Histoire de la prise d'Auxerre par les huguenots et de la délivrance de la même ville en 1567 et 1568 (par l'abbé Lebeuf), in-8, portrait, v. f. fil. tr. dor. (*Duru.*)

793. Dissertation sur plusieurs circonstances du règne de Clovis, et en particulier sur l'antiquité des Monnoyes de nos rois et de celles qui portent le nom de Soissons, par l'abbé Lebeuf, *Paris*, 1738, in-12, demi-rel. v. f.

794. Lettres du R. P. D. Toussaints du Plessis, bénédictin, au sujet de la dissertation sur le Soissonnois qui a remporté le prix en 1735, par l'abbé Lebeuf. *Paris*, 1736, in-12, demi-rel. v. f.

795. Histoire de Normandie, par Orderic Vital, moine de Saint-Évroul, publiée pour la première fois en français par M. Guizot. *Caen*, *Mancel*, 1826, 4 vol. in-8, br. n. rog.

796. Histoire des ducs de Normandie, par Guillaume de Jumiége, publiée pour la première fois en français par M. Guizot. *Caen*, *Mancel*, 1826, in-8, br.

797. Histoire sommaire des comtes et ducs d'Anjou, par Bernard de Girard, seigneur du Haillan. *Paris*, *Pierre l'Huillier*, 1593, in-12, cartonné.

Livret très-rare. 30 feuillets.

798. La Bretagne ancienne et moderne, par Pitre-Chevalier. *Paris*, *s. d.*, gr. in-8, demi-rel. mar. figures.

799. Bretagne et Vendée, par Pitre-Chevalier. *Paris*, *s. d.*, gr. in-8, demi-rel. mar. figures.

800. Chambéry à la fin du XIVe siècle, par T. Chapperon. *Paris*, *Dumoulin*, 1863, in-4, br.

801. L'Algérie ancienne et moderne, par Louis Galibert, vignettes par Raffet. *Paris*, *Furne*, 1844, gr. in-8, demi-rel. mar. figures.

V. HISTOIRE ÉTRANGÈRE.

802. Lord Macaulay, ses Essais, ses Discours et son Histoire d'Angleterre, par M. X. Lançon. *Lyon*, *N. Scheuring*, *et Paris*, *A. Aubry*, 1861, in-8, br.

803. Le Portrait du Roy de la Grande-Bretagne. *A Rouen*, *G. Berthelin*, 1649, in-16, demi-rel.

804. Lettres de Henri VIII à Anne Boleyn, avec la traduction, précédées d'une notice historique sur Anne Boleyn. *Paris*, *Crapelet*, *s. d.*, gr. in-8, cart. n. rogn.

805. Notice sur la vie et les écrits de lady Jeanne Grey, reine d'Angleterre, par M. Edouard Frère (*Rouen*, 1831), br. in-8 (avec portrait gravé par E.-H. Langlois).

Extrait.

806. PAULUS JOVIUS. Historia sui temporis. *Venetiis*, 1554, 3 vol. pet. in-8, v. fil. dorés en plein, compartiments peints, tr. dor. (*Reliure du* XVIe *siècle*).

Remboitage.

807. Œuvres choisies de Vico, publiées par Michelet. *Paris*, *L. Hachette*, 1835, 2 vol. in-8, figure, demi-rel. v. fauve.

808. La Ville et la République de Venise, par le sieur Saint-Desdier. *Amsterdam, chez Daniel Elzevier*, 1680, in-12, v.

Piqûres de vers.

809. Annales de la cité de Genève, attribuées à Jean Sanyon, syndic. *Genève, imprimé par J.-Guill. Fick*, 1858, in-8, cart. n. rogn.

810. Mémoires de la cour d'Espagne sous le règne de Charles XII (1678-1682), par le marquis de Villars. *Londres, Trubner*, 1861, in-8, cart. anglais (portrait en photographie).

Publication du duc d'Aumale.

811. Matériaux pour servir à l'histoire de Marguerite d'Autriche, duchesse de Savoie, régente des Pays-Bas, par le comte E. de Quinsonas. *Paris, Delaroque fr.*, 1860, 3 vol. gr. in-8 br. figures.

812. Histoire generalle du serail et de la cour du grand seigneur empereur des Turcs, où se void l'image de la grandeur otthomane, le tableau des passions humaines et les exemples des inconstantes prosperitez de la cour; ensemble l'histoire de la cour du roy de la Chine, par le sieur Michel Baudier de Languedoc. *A Paris, en la bouctique de l'Angelier, chez Claude Cramoisy*, 1624, pet. in-folio réglé, demi-rel. moderne, maroq. viol. fil. tr. peign.

Le titre-frontispice est remonté et doublé.

813. Notices politiques et littéraires sur l'Allemagne, par M. Saint-Marc Girardin. *Paris*, 1835, in-8, demi-rel. mar. rouge.

814. Histoire de la Louisiane, par Barbé-Marbois. *Paris, Didot*, 1829, in-8, demi-rel. n. rogn.

Lettre autographe de M. Daunou ajoutée.

815. L'Histoire notable de la Floride, située ès Indes occidentales. *Paris, Jannet*, 1853, in-12 maroq. r. tr. dorée. (*Capé.*)

816. China, its scenery, architecture, social habits, illustrated. *London, Fischer, s. d.*, 2 vol. in-4, fig. sur acier, mar.

VI. ARCHÉOLOGIE.

817. Annales archéologiques. *Paris, Victor Didron*, 1844, 1857, 17 vol. in-4, figures, demi-rel. v. viol. et les tomes XVIII et XIX (1858 et 1859) en 12 livr. in-4, br.

818. Des Journaux chez les Romains, recherches précédées d'un mémoire sur les annales des pontifes et suivies de fragments de journaux de l'ancienne Rome, par J. Vict. Le Clerc. *Paris, Firm.-Didot fr.*, 1838, in-8, demi-rel. v. viol. dos orné, tr. jasp. (*Kœhler.*)

819. Discours de la religion des anciens Romains, de la castrametation et discipline militaire d'iceux, des bains et antiques exercitations grecques et romaines, escrit par Noble S. Guillaume du Choul, conseiller du roy, illustré de médailles, etc. *A Lyon, par Guill. Rouille*, 1567, 2 parties en 1 vol. in-4, v. fauve, antiq.

820. Le Temple d'Auguste et la nationalité gauloise, par Aug. Bernard. *Lyon, F. Scheuring*, 1863, in-4, cart.

821. Dictionnaire des antiquités romaines et grecques, accompagné de 2,000 gravures d'après l'antique, par Anthony Rich, traduit de l'anglais sous la direction de M. Chéruel. *Paris, Firm.-Didot, fr.*, 1859, in-8, [illegible]

822. Museum Odescalchum, sive Thesaurus antiquarum gemmarum musei Odescalchi a Petro Sancto Bartolo editus. *Romæ*, 1751, 2 vol. in-fol. demi-rel. mar. br. figures.

823. Description des antiquités et objets d'art qui composent le cabinet de feu M. le chevalier E. Durand, par J. de Witte. *Paris, Firm.-Didot, fr.*, 1836, gr. in-8, demi-rel. v. f.

Catalogue comprenant 2704 numéros, avec la table imprimée du nom des acquéreurs et du prix d'adjudication des objets.

824. Dictionnaire de sigillographie pratique, par Alph. Chassant et P.-J. Delbarre. *Paris, J.-B. Dumoulin*, 1860, in-12, br.

825. Introduction à la Connoissance des médailles, par Charles Patin. *De l'impression d'Elzevier*, 1667, in-12, mar. bl. fil. tr. dor. (*Hering.*)

826. Promptuaire des medalles des plus renommées personnes. *Lyon, chez Guillaume Roville*, 1553, 2 part. en 1 vol. in-4, v. f. figures.

VII. NOBLESSE.

827. Traité de la noblesse, de ses différentes espèces, de son origine, du gentilhomme de nom et d'armes..., etc., par messire Gilles-André de la Roque, chevalier, seigneur de la Pontière. *A Rouen*, 1710. — Traité de la noblesse et de toutes ses différentes espèces, nouvelle édition, augmentée des traités du blason, des armoiries de France, de l'origine

des noms, surnoms et du ban et arrière-ban. *Rouen*, 1734, 2 ouvr. en 1 vol. in-4, v. antiq. marbr.

828. Mémoire sur l'ancienne chevalerie, par la Curne de Sainte-Palaye, avec une introduction et des notes historiques par M. Ch. Nodier. *Paris, Girard*, 1826, 2 vol. in-8, v. fauve. (*Kœhler.*)

829. Les Nobles et les Vilains du temps passé, ou Recherches critiques sur la noblesse et les usurpations nobiliaires, par Alph. Chassant. *Paris*, *Aubry*, 1857, in-12, br.

830. Abrégé chronologique d'édits, déclarations, règlements, arrêts et lettres patentes des rois de France de la troisième race, concernant le fait de noblesse, par L.-N.-H. Chérin. *A Paris, chez Royez*, 1788, in-12, v. f. antiq. fil. tr. marbr.

831. P. Biston. De la Noblesse naturelle en Champagne et de l'abus des changements de noms. *Châlons*, 1859, in-12, br. — De la Fausse Noblesse en France. *Châlons*, 1861, in-12, br.

832. La Nouvelle Méthode raisonnée du blason, par le P. C.-F. Menestrier. *A Lyon*, 1761, in-8, figures de blason, v. antiq. marbr.

833. Armorial de la cour des Aydes de Paris, où sont les noms, armes et blazons de tous nos seigneurs qui la composent, tels qu'ils étoient au 1er septembre 1681, avec les changements survenus depuis, présenté par P.-P. Dubuisson, in-18, v. antiq. marbr.

834. Histoire de la maison de Chastillon-sur-Marne, par André du Chesne. *Paris*, *Séb. Cramoisy*, in-fol. demi-rel. titre gravé par J. Picart.

VIII. HISTOIRE LITTÉRAIRE. — BIOGRAPHIE.

835. Considérations sur l'origine et le progrès des belles-lettres chez les Romains, par l'abbé le Moine. *Amsterdam, chez Wetstein*, in-12, demi-rel. n. rog.

836. Histoire littéraire de la France avant le douzième siècle, par J.-J. Ampère. *Paris, L. Hachette*, 1839-40, 3 vol. in-8, demi-rel. avec coins, v. bleu, doré en tête, n. rog.

837. Histoire du mouvement intellectuel au XVIe et pendant la première partie du XVIIe siècle, par J. Jolly. *Paris, Amyot*, 1860, 2 vol in-8.

838. Le Trésor des Chartes, sa création, ses gardes et leurs

travaux, par M. L. Dessalles. *Paris, Impr. royale,* 1841, br. in-4 de 101 pages.

---

839. Biographie universelle, ancienne et moderne. *Paris, Michaud fr.*, 1811-1828, 52 vol. — Partie mythologique. *Paris,* 1832-33, 3 vol. — Supplément. *Paris,* 1834-1857, 27 vol. (formant les tomes 56 à 84). — Ens. 84 vol. in-8, demi-rel. v. f. tr. marbr. (*Petit, succ. de Simier.*)

Les deux derniers volumes sont brochés.

Très-bel exemplaire, provenant de la bibliothèque du Palais-Royal, dont le cachet est appliqué sur quelques titres, avec les initiales couronnées du roi Louis-Philippe sur le dos de tous les volumes.

840. Pontus de Tyard, seigneur de Bissy, depuis évêque de Chalon, par J.-P.-Abel Jeandet. *Paris, Aug. Aubry,* 1860, in-8, br.

841. Nouvelles Recherches historiques sur la vie et les ouvrages du chancelier de l'Hospital, par A.-H. Taillandier. *Paris, Firm.-Didot, fr.*, 1861, in-8, br.

842. La Vie publique de Michel Montaigne, étude biographique, par Alph. Grün. *Paris, Amyot,* 1855, in-8, demi-rel. avec coins, v. fauve, fil. doré en tête, n. rog.

843. Estienne Dolet. Sa vie, ses œuvres, son martyre, par Joseph Boulmier. *Paris, Aubry,* 1857, pet. in-8, br.

844. Jacobi Cujacii jureconsulti vita; Papirii Massoni opera et stilo conscripta. *Basileæ,* 1591, pet. in-8, demi-rel. mar. v.

Exemplaire de M. Coste.

845. Mémoires de la vie de J.-Aug. de Thou. *Amsterdam,* 1714, in-12, v. f. fil. *portraits.*

846. Aloysia Sygea et Nicolas Chorier, par M.-P. Allut. *Lyon, N. Scheuring,* 1862, in-12, br.

Tiré à 112 exemplaires.

847. Étude biographique et bibliographique sur Symphorien Champier, par M.-P. Allut. *Lyon, Nic. Scheuring,* 1859, gr. in-8, cart. (portrait.)

848. Histoire de madame Henriette d'Angleterre, première femme de Philippe de France, duc d'Orléans, par madame la comtesse de la Fayette. *Paris, Techener,* 1853, in-12, portrait, demi-rel. mar. bl. n. rog. (*Capé.*)

849. Vie de M. Bossuet, évêque de Meaux, par M. de Burigny. *A Bruxelles, et se vend à Paris, chez Debure l'aîné,* 1761, in-12, br.

850. Histoire de J.-B. Bossuet, évêque de Meaux, composée sur les manuscrits originaux, par M. L.-Fr. de Bausset. *Versailles, A. Lebel,* 1814, 4 vol. in-8, portrait, demi-rel. v. viol. tr. marbr.

851. Études sur la vie de Bossuet jusqu'à son entrée en fonctions en qualité de précepteur du Dauphin (1627-1670), par Floquet. *Paris, Firm.-Didot fr.*, 1855, 3 vol. in-8, demi-rel. avec coins, v. fauve, fil. tr. dor. en tête, n. rog.

852. Histoire de la vie et des ouvrages de J. de la Fontaine, par C.-A. Walckenaer. *Paris, A. Nepveu et L. de Bure,* 1824, gr. in-8, portrait, demi-rel. chagr. viol. n. rog.

Exemplaire en grand papier vélin fort.

853. Mémoires de M. Fr. Maucroix, chanoine de l'église de Reims. *Société des bibliophiles de Reims*, 1842, pet. in-8, demi-rel. mar.

Tiré à petit nombre.

854. Mémoires touchant la vie et les écrits de la marquise de Sévigné, par le baron Walckenaer. *Paris, Didot*, 1845, 4 vol. in-12, v. fil. (*Trautz-Bauzonnet*.)

Le cinquième volume broché.

855. Vita Joannis Mabillonii a Th. Ruinarto. *Patavii*, 1714, in-8, portrait. v. f.

856. Relation des principaux événements de la vie de Salvaing de Boissieu, par Alfr. de Terrebasse. *Lyon, Perrin,* 1850, in-8, demi-rel. mar. bl. tr. sup. dor. n. rogné.

857. Éphémérides de P.-J. Grosley, publiées par L.-M. Patris-Debreuil. *Paris, A. Durand,* 1811, 2 vol. in-8, demi-rel. v. rose.

858. Les Confessions de J.-J. Rousseau, vignettes par Tony Johannot, etc. *Paris, Barbier*, 1846, gr. in-8, demi-rel. chagr. r.

859. Vie de madame de la Fayette, par Mme de Lasteyrie, sa fille, précédée d'une notice sur la vie de sa mère, Mme la duchesse d'Ayen (1737-1807). *Paris, L. Techener*, 1869, demi-rel. mar. rouge, doré en tête, n. rog.

860. Souvenirs et Correspondance tirés des papiers de Mme Récamier. *Paris, Michel Lévy fr.*, 1859, 2 vol. in-8, brochés.

861. Madame la duchesse d'Orléans. *Paris, Michel Lévy fr.*, in-8, demi-rel. mar. bl. tr. sup. dor. n. rog.

Exemplaire en grand papier vélin.

862. Notices biographiques, par M. E.-H. Langlois. — Mme Marceline Desbordes-Valmore, M. Marc Isambard-Brunet, M. Marie-François-Gilles Rever, br. in-8, portraits.

Extraits du Bulletin de l'Académie de Rouen.

863. Biographie rémoise, ou Histoire des Rémois célèbres, depuis les temps les plus reculés jusqu'à nos jours, par Henri Danton. *Reims, Brissart-Binet*, 1855, br. in-8 de 102 pages.

864. Notice sur le prince Dmitri Galitzin (1770-1840). *Lyon, Perrin*, 1860, in-8, demi-rel. mar. tête dor. n. rog. (*Capé.*)

865. Silvio Pellico. Mes Prisons, édition illustrée par Tony Johannot. *Paris, Charpentier*, 1843, gr. in-8, demi-rel. chag.

IX. HISTOIRE DE L'IMPRIMERIE. — BIBLIOGRAPHIE.

866. Histoire de l'Imprimerie et de la Librairie. *Paris, Jean de la Caille*, 1689. — L'Origine de l'Imprimerie de Paris, par le sieur André Chevillier. *Paris*, 1694, 2 part. en 1 vol. in-4.

867. Histoire de l'origine et des premiers progrez de l'Imprimerie. *A la Haye*, 1740, in-4, frontispice gr. v. antiq. marbr.

868. Jean Guttenberg, essai historique, par le R. Winaricky, trad. de l'all. par Jean de Carro. *Bruxelles*, 1847, pet. in-8, demi-rel. mar.

869. Album typographique exécuté à l'occasion du jubilé européen de l'invention de l'imprimerie. *Paris*, 1841, plaq. in-fol. cart.

Exemplaire n° 3 de l'édition grand in-4, tirée à 150 exemplaires numérotés, avec les impressions en couleur et le prospectus.

870. Annales de l'imprimerie des Alde, ou Histoire des trois Manuce. *Paris, Renouard*, 1834, in-8, brochés.

Troisième édition.

871. Catalogue chronologique des imprimeurs et libraires du roy, par le Père Adry, publié par M. Le Roux de Lincy. *Paris*, 1849, br. in-8.

872. Les Estienne et les types grecs de François Ier, par Aug. Bernard. *Paris, Edwin Tross*, 1856, br. in-8.

873. Annales de l'imprimerie des Estienne, ou Histoire de la famille des Estienne et de ses éditions, par Ant.-Aug. Renouard. *Paris, J. Renouard*, 1843, in-8, br.

874. Geofroy Tory, peintre et graveur, premier imprimeur royal, réformateur de l'orthographe et de la typographie sous François Ier, par Aug. Bernard. *Paris, Edwin Tross*, 1857, in-8, br.

875. De l'État réel de la presse et des pamphlets depuis François Ier jusqu'à Louis XIV, par M. C. Leber. *Paris, Techener*, 1834, in-8, br.

876. Annales de l'imprimerie des Elzeviers, ou Histoire de leur famille et de leurs éditions, par Ch. Pieters. *Gand*, 1858, in-8, br. avec la brochure d'additions et de corrections.

877. Xylographie de l'imprimerie troyenne pendant le XVe, le XVIe, le XVIIe et le XVIIIe siècle, précédée d'une lettre du biblophile Jacob sur l'histoire de la gravure en bois, publiée par Varusoltis, de Troyes. *Troyes et Paris*, 1859, in-4, figures, cart.

878. Études pratiques et littéraires sur la Typographie, par G.-A. Crapelet, imprimeur. *Paris*, gr. in-8, demi-rel. v. f.

879. Manuel du libraire et de l'amateur de livres, par J.-Ch. Brunet. *Paris, Silvestre*, 1842, 5 vol. in-8, demi-rel. avec coins, mar. vert, doré en tête, n. rog. (*Capé*.)

880. Hain. Repertorium bibliographicum. *Lutetiæ Parisiorum, apud J. Renouard*, 1826, 4 vol. in-8, texte à 2 col. demi-rel. avec coins, mar. vert, tr. jasp.

Les premiers ff. du tome IV sont raccommodés.

881. Les Bibliothèques françoises de La Croix du Maine et de du Verdier, sieur de Vauprivas, nouvelle édition publiée par M. Rigoley de Juvigny. *Paris*, 1772-73, 6 vol. in-4, v. ec.

882. Dictionnaire des ouvrages anonymes et pseudonymes, par Barbier. *A Paris, chez Barrois l'aîné*, 1822-1827, 4 vol. in-8, demi-rel. mar. la Vall. doré en tête, n. rog.

883. Nouveau Recueil d'ouvrages anonymes et pseudonymes, par M. de Manne. *Paris, Gide*, 1834, in-8, demi-rel. la Vall. doré en tête, n. rog.

884. Nouveau Dictionnaire des ouvrages anonymes et pseudonymes, par E. de Manne. *Lyon, M. Scheuring*, 1862, in-8, br.

885. Dictionnaire bibliographique choisi du XVe siècle, ou Description par ordre alphabétique des éditions les plus

rares et les plus recherchées du XVe siècle, précédé d'un essai historique sur l'origine de l'imprimerie, etc., par M. de la Serna Santander. *A Bruxelles*, 1805-1807, 3 vol. in-8, demi-rel. v. ant.

886. Bibliothèque des autheurs qui ont escript l'histoire et la topographie de la France. *Paris, chez Sébastien Cramoisy*, 1617, pet. in-8, v. f. fil. tr. dor. (*Capé*.)

887. Quérard. La France littéraire. *Paris, Didot*, 1827, 10 vol. in-8, demi-rel. v. f. n. rog.

888. Le Quérard. Archives d'histoire littéraire, de biographie et de bibliographie française (1855-1856), 2 vol. in-8, br.

889. Analectabilion, ou Extraits critiques de divers livres rares oubliés ou peu connus, tirés du cabinet du marquis D. R*** (Du Roure). *Paris, Techener*, 1836, 2 vol. in-8, demi-rel. v. f. n. rog.

890. Bibliothèque critique des mélanges connus sous le nom d'ANA. *Paris*, 1807, in-4, 7 cahiers.

Manuscrit inédit du père Adry.

891. Histoire des livres populaires ou de la littérature du colportage, par M. Ch. Nisard. *Paris, Amyot*, 1854, 2 vol. in-8, br.

892. Livres populaires imprimés à Troyes de 1600 à 1800, ouvrage orné de 120 gravures tirées avec les bois originaux par Alexis Socard. — Livres liturgiques du diocèse de Troyes imprimés aux XVe et XVIe siècles, ouvrage orné de 86 gravures originales par Alex. Socard et Alex. Assier. *Paris et Troyes*, 1863-1864, 2 vol. in-8, br.

893. Livres populaires. — Noëls et cantiques imprimés à Troyes depuis le XVIIe siècle jusqu'à nos jours, par Alexis Socard. *Paris, A. Aubry*, 1865, gr. in-8, br.

894. Bibliographie des ouvrages relatifs à l'amour, aux femmes, au mariage. *Paris, J. Gay*, 1864, in-8, br.

895. Manuel du bibliophile et de l'archéologue lyonnais. *Paris, Aug. Aubry*, 1857, gr. in-8, br.

896. ESSAI SUR LES LIVRES dans l'antiquité, particulièrement chez les Romains, par H. Géraud. *Paris, Techener*, 1840, in-8, br.

897. Advis pour dresser une bibliothèque, par G. Naudé, *Paris, Targa*, 1627, pet. in-8, demi-rel.

898. La Chasse aux bibliographes et antiquaires malavisés, par un des élèves de M. l'abbé Rive (par l'abbé Rive). *A*

Londres (*Paris*), 1788, 2 part. en 1 vol. in-8, demi-rel. mar. n. rog. (*Kœhler*.)

Exemplaire non rogné. Ouvrage rare et très-curieux.

899. Lettres bourguignonnes, ou Correspondance sur différents points d'histoire littéraire, de biographie, de bibliographie, etc., par C.-N. Amanton. *Paris et Dijon*, 1823, br. in-8.

900. Notices bibliographiques, philologiques et littéraires, par M. Ch. Nodier (extraites du Bulletin du bibliophile). *Paris, Techener*, 1834, in-8, br.

901. Le Livre, par J. Janin. *Paris*, *H. Plon*, 1870, in-8, br.

902. Mémoires d'un bibliophile, par M. Tenant de Latour. *Paris*, *F. Dentu*, 1861, in-12, br.

903. Affaire Libri; réunion de 26 ouvrages ou brochures in-8.

Catalogue, 3 parties. — Lettre à M. de Falloux, par G. Libri, 1849. — Lettre au bibliophile Jacob, 1849. — Réponse de M. Libri au rapport de M. Bouchy, etc.

904. Essai sur l'art de restaurer les estampes et les livres, ou Traité sur les meilleurs procédés pour blanchir, détacher, décolorier, réparer et conserver les estampes, livres et dessins, par A. Bonnardot. *Paris*, *Castel*, 1858, in-12, br.

905. L'Art de la reliure en France aux derniers siècles, par Ed. Fournier. *Paris*, *J. Gay*, 1864, in-12, br.

906. Bulletin du bibliophile, revue mensuelle publiée par J. Techener. *Paris*, de 1851 à 1876. 25 années en 6 vol. in-8, demi-rel. v. f. (de 1851 à 1862), et en livr. br. (de 1863 à 1876).

Manque à cette collection les livr. : août-septembre 1865. — Juillet 1866, et décembre 1876.

907. Le Bibliophile français. *Paris*, *Bachelin-Deflorenne*, 1868 à 1873. Ens. 46 livraisons dépareillées gr. in-8 br. (*Portraits et gravures.*)

908. De l'Organisation des bibliothèques dans Paris, par le comte de Laborde. *Paris*, 1845, gr. in-8, demi-rel. mar. r.

Première lettre : La Bibliothèque royale occupe le centre topographique et intellectuel de la ville de Paris.

909. Histoire de la Bibliothèque Mazarine depuis sa fondation jusqu'à nos jours, par Alfr. Franklin. *Paris*, *Aug. Aubry*, 1860, in-12 br.

Un des 28 exemplaires sur papier vergé.

910. Rapport sur les livres et estampes des bibliothèques du Palais-des-Arts, présenté à M. Terme, maire de Lyon, dé-

puté du Rhône. *Lyon, L. Perrin*, 1844, in-fol. portrait, demi-rel. v. fauve.

911. Recherches sur Jean Grolier, sur sa vie et sa bibliothèque, suivies d'un Catalogue des livres qui lui ont appartenu, par M. Le Roux de Lincy. *Paris, L. Potier*, 1866, in-8 br. et atlas in-fol. cart.

912. Catalogus librorum officinæ Danielis Elzevirii. *Amstælodami*, 1681, in-12, demi-rel. mar. r. n. rogné.

Réimpression à petit nombre faite par les soins de M. Motteley.

913. Catalogus librorum bibliothecæ illustrissimi viri Caroli Henrici comitis de Hoym. *Parisiis*, 1738, in-8, v. brun.

Exemplaire avec les prix d'adjudication manuscrits.

914. Catalogue des livres de feu M. l'abbé d'Orléans de Rothelin. *A Paris, chez Gabriel Martin*, 1746, in-8, demi-rel. v. f. (*Prix d'adjudication manuscrits.*)

Ce catalogue est fort recherché, surtout avec les prix ; il renferme 5036 articles.

915. Catalogue de la bibliothèque d'un amateur (A.-A. Renouard), avec notes bibliographiques, critiques et littéraires. *Paris*, 1819, 4 vol. in-8 br.

916. Catalogue des livres composant la bibliothèque poétique de M. Viollet-le-Duc, avec des notes bibliographiques, biographiques et littéraires pour servir à l'histoire de la poésie en France. *Paris, L. Hachette*, 1843, in-8, demi-rel. avec coins mar. vert. (*Kœhler.*)

917. Catalogue des livres composant la bibliothèque poétique de M. Viollet-le-Duc; chansons, fabliaux, contes en vers et en prose. *Paris, J. Flot*, 1847, in-8, br.

918. Catalogue des livres provenant des bibliothèques du feu roi Louis-Philippe (bibliothèques du Palais-Royal et de Neuilly, 2 parties, et bibliothèque du château d'Eu). *Paris, Potier*, 1852, in-8, demi-rel. cuir de Russie, dor. en tête non rogné.

919. Catalogue de la bibliothèque lyonnaise de M. Coste, rédigé par Vingtrinier. *Lyon, Perrin*, 1853, gr. in-8. demi-rel. mar. r. tr. sup. dor. n. rog. (*Capé.*)

920. Catalogue des livres et cartes géographiques de la bibliothèque de feu M. le baron Walckenaer. *Paris, L. Potier*, 1853 (6,539 numéros), demi-rel. v. f.

921. Catalogue des livres imprimés et manuscrits composant la bibliothèque de feu M. Eug. Burnouf, membre de l'Institut. *Paris, Benj. Duprat*, 1854, in-8 (2730 numéros et 218 manuscrits), demi-rel. v. f.

922. Catalogue de la bibliothèque de feu M. Antoine-Augustin Renouard, ancien libraire. *Paris, L. Potier*, 1854, in-8, demi-rel. v. f. (*Avec les prix d'adjudication manuscrits*.)

A la suite se trouve relié le Catalogue des Autographes. *Paris, Laverdet*, 1855 (754 numéros).

923. Catalogue des livres manuscrits et imprimés composant la bibliothèque de M. Arm. Cigongne. *Paris, L. Potier*, 1861, gr. in-8 br.

Exemplaire en grand papier.

924. Catalogue de mes livres (par Yemeniz). *Lyon, impr. L. Perrin*, 1865, 3 vol. in-4 br.

925. Catalogue des livres provenant des différentes bibliothèques d'amateurs. *Paris*, 1865 à 1875. Ens. 17 vol. gr. in-8 brochés.

Catalogue de M. le prince Sigismond Radziwil, 1865. — Chédeau, de Saumur, 1865. — Le comte H. de la Bédoyère. — Yemeniz, 1867. — Jacq.-Ch. Brunet, 2 vol. — Victor Luzarche, 1868, 2 vol. — L. Potier, 1870-72, 2 vol. — F. Soleil, 1871, — Marquis de Morante, 1872. — Ruggieri, 1873. — Am. Rigaud, 1874. — L. Curmer, 1874. — L. de M***, 1876.

926. Catalogue d'une très-riche mais peu nombreuse collection de livres provenant de la bibliothèque de feu M. le comte J.-H.-A. de Fortsas. *Bruxelles, G.-A. Van Trigt, s. d.*, br. in-8.

C'est une réimpression de ce fameux catalogue.

---

927. Les Manuscrits français de la Bibliothèque du Roi, leur histoire et celle des textes allemands, anglais, hollandais, italiens, espagnols de la même collection, par M. Paulin Paris. *Paris, Techener*, 1836-1848, 7 vol. in-8, demi-rel. avec coins v. f. fil. doré en tête, non rogné.

928. Catalogue analytique des archives de M. le baron de Joursanvault. *Paris, Techener*, 1838, 2 tomes en 1 vol. gr. in-8, demi-rel. mar. r. avec coins, n. rogné. (*Capé*.)

Exemplaire de présent au roi Louis-Philippe Ier.

929. Essai sur la calligraphie des manuscrits du moyen âge et sur les ornements des premiers livres d'heures imprimés, par E.-H. Langlois. *Rouen, Ed. Frère et Lebrument*, 1841, gr. in-8 br. *figures*.

930. Catalogue (3 parties) de la belle collection des lettres autographes de feu M. le baron de Trémont, ancien conseiller d'État et préfet de l'Empire. *Paris, Laverdet*, 1852, in-8, demi-rel. v. f.

931. Réponse à une incroyable attaque de la Bibliothèque nationale, touchant une lettre de Michel de Montaigne, par F. Feuillet de Conches. *Paris*, *Laverdet*, 1851, gr. in-8, demi-rel. cuir de Russie, doré en tête, n. rogné.

Un des 12 exemplaires sur grand papier.

On trouve relié à la suite : Réponse de la Bibliothèque nationale à M. Feuillet de Conches, par M. Naudet. *Paris*, *Panckoucke*, 1851. Br. in-8 de 70 pages.

OUVRAGES DE GABRIEL PEIGNOT.

932. Manuel bibliographique, par Gabriel Peignot. *Paris*, 1800, in-8, demi-rel. v. antique.

933. Bagatelles poétiques et dramatiques, par G. P. (Gabriel Peignot). *Paris*, 1801, 2 part. en 1 vol. in-8, demi-rel. mar. r. non rogné.

934. Dictionnaire raisonné de bibliologie, par Gabr. Peignot. *Paris*, 1802. 3 vol. in-8 br.

Exemplaire avec le prospectus.

935. Essai de curiosités bibliographiques, par Gabr. Peignot. *Paris*, *Ant.-Aug. Renouard*, 1804, in-8. demi-rel. mar. rouge, doré en tête, n. rogné.

Exemplaire de la vente Solar.

936. Dictionnaire critique, littéraire et bibliographique des principaux livres condamnés au feu, supprimés ou censurés, précédé d'un discours sur ces sortes d'ouvrages, par G. Peignot. *Paris*, 1806, 2 tomes en 1 vol. in-8, demi-rel. v. vert, n. rogné.

937. La Muse de l'histoire, ou Esquisses de tableaux poétiques choisis dans l'histoire sainte et dans l'histoire profane, par Gabriel Peignot. 25 *juillet* 1809, in-8, demi-rel. mar. r.

Tiré à 16 exemplaires. (*Note de G. Peignot.*)

938. Essai sur l'histoire du parchemin et du vélin, par Gabriel Peignot. *Paris*, *Renouard*, 1812, in-8, vélin.

939. Le Nouvelliste des campagnes, ou Entretien villageois sur les bruits qui courent les champs, par Jacques Rambler

(Gabriel Peignot). *A la Campagne* (*Dijon*), 1816, br. in-8 de 24 pages.

Un des 4 exemplaires sur papier *ventre de biche* (*sic*). Cet opuscule est devenu difficile à trouver.

940. Recherches sur les ouvrages de Voltaire. *Paris*, 1817, plaq. in-8 de 68 pages cart.

Exemplaire de Peignot, le seul tiré sur papier rose.

941. Mélanges littéraires, philologiques et bibliographiques, par Gabr. Peignot. *Paris, Ant.-Aug. Renouard*, 1818, in-8, demi-rel. v. f. n. rogné.

Tiré à 150 exemplaires.

942. Essai historique sur la lithographie, par Gabr. Peignot. *Paris, A. Renouard,* 1819, plaq. in-8 de 60 pages, planche lithogr. cart.

Exemplaire de Peignot, l'un des deux tirés sur papier rose.

943. Des Comestibles et des Vins de la Grèce et de l'Italie en usage chez les Romains, par G. Peignot. *Dijon*, 1822, plaq. in-8 cart. de 43 pages.

Tiré à 50 exemplaires, exemplaire de Peignot.

944. Variétés, Notices et Raretés bibliographiques, par Gabr. Peignot. *Paris, Ant.-Aug. Renouard*, 1822, in-8, demi-rel. mar. rouge, doré en tête, n. rog.

945. Manuel du bibliophile, ou Traité du choix des livres, par Gabriel Peignot. *A Dijon, chez Victor Lagier*, 1823, 2 vol. in-8 br.

946. Peignot (Gabr.). Sur les Lettres de Henri VIII à Anne Boleyn, publiées par M. Crapelet. (*Dijon*), 1826, 22 pages. (*Tiré à 50 exemplaires sur papier de paille* (*n°* 1). *Exemplaire de Peignot, avec une note autographe de lui.*) — Lettre à M. C.-N. A*** (Amanton) sur un ouvrage intitulé : Les Poëtes français depuis le XIIe siècle jusqu'à Malherbe. *Paris, A.-Aug. Renouard,* 1824, plaq. de 7 pages. (*Tiré à 50 exemplaires.*) — Ens. 2 opusc. réunis en 1 vol. in-8, demi-rel. v. rouge.

947. Recherches historiques et littéraires sur les danses des morts et sur les origines des cartes à jouer, par Gabr. Peignot. *Dijon et Paris,* 1826, in-8 br. (*Figures*).

948. Documents authentiques et Détails curieux sur les dépenses de Louis XIV, par Gabr. Peignot. *Paris, J. Renouard,* 1827, in-8, portrait, demi-rel. v. vert.

949. Choix des testaments anciens et modernes remarquables par leur importance, leur singularité ou leur bizarrerie, avec des détails historiques et des notes, par G. Peignot.

Paris et Dijon, 1829, 2 vol. in-8, demi-rel. avec coins v. f. fil. n. rog. (*Petit, successeur de Simier.*)

950. Lettres à M. C.-N. Amanton sur deux manuscrits précieux du temps de Charlemagne (par Gabr. Peignot). *Dijon*, 1829, plaq. in-8 de 29 pages cart.

Tiré à 100 exemplaires.
Billet autogr. signé de Gabr. Peignot et daté de Dijon, 24 juillet 1829.

951. Histoire d'Hélène Gillet, ou Relation d'un événement extraordinaire et tragique survenu à Dijon dans le XVIIe siècle (par Gabr. Peignot). *Dijon*, 1829, br. in-8 de 58 pages. — Poésie sur le jugement, supplice et rémission d'Hélène Gillet de Bresse. *Paris, Aubry*, 1857, br. in-8 de 15 pages.

951 *bis*. Recherches sur l'époque où les premiers chrétiens, les Romains et les peuples d'Occident ont commencé à adopter la semaine, c'est-à-dire la division des jours du mois en nombre septénaire, par Gabr. Peignot. *Dijon*, 1829, br. in-8.

Tiré à 100 exemplaires.
Exemplaire de Peignot, avec notes autographes dont l'une est de Pierquin de Gembloux.

952. Précis historique, généalogique et littéraire de la maison d'Orléans, avec notes, tables et tableau, par un membre de l'Université (Gabr. Peignot). *Paris, Crapelet*, 1830, in-8, br. (*Portrait du roi Louis-Philippe, gravé par Hopwood.*)

953. Catalogue d'une partie des livres composant l'ancienne bibliothèque des ducs de Bourgogne de la dernière race, d'après des inventaires de leurs meubles au XVe siècle, par Gabr. Peignot. *Paris, J. Renouard*, 1830, plaq. in-8 de 66 pages, demi-rel. v. rouge.

Tiré à 100 exemplaires.

954. L'Illustre Jaquemart de Dijon, détails historiques, instructifs et amusants sur ce haut personnage, par Gabr. Peignot. *Dijon, V. Lagier*, 1832, in-8, figure, demi-rel. chagr. viol.

955. Lettres de Dijon, écrites en juillet 1831 (par Frantin et Gabr. Peignot). *Dijon*, 1832, br. in-12 de 44 pages.

956. Essai historique sur la liberté d'écrire chez les anciens et au moyen âge, sur la liberté de la presse depuis le XVe siècle, etc., par Gabriel Peignot. *Paris, Delaunay*, 1832, in-8, br.

957. Nouvelles Recherches littéraires, chronologiques et philologiques sur la vie et les ouvrages de Bernard de la Mon-

noye, par Gabr. Peignot. *Dijon*, *Vict. Lagier*, 1832, br. in-8 de 79 pages, portrait.

Tiré à 100 exemplaires.
Envoi autographe signé de M. Gabr. Peignot à M. J. Renouard et lui annonçant que Lagier lui fera passer une douzaine d'exemplæires de cet opuscule.

957 *bis*. Notice des XXII grandes miniatures, ou tableaux en couleur, réunis en tête d'un manuscrit du XVe siècle, précédée de quelques recherches sur l'usage d'enrichir les livres de ces sortes d'ornements chez les anciens et au moyen âge, par Gabriel Peignot. *Dijon*, 1832, gr. in-8 de 54 pag., demi-rel. v. rouge, n. rogn.

Ouvrage tiré à 100 exemplaires seulement.

958. Détails historiques sur le château de Dijon, depuis le XVe siècle, époque de sa construction, jusqu'au temps présent, par G. Peignot. *Dijon*, *V. Lagier*, 1833, plaq. in-8, demi-rel. chagr. bleu.

Tiré à 100 exemplaires.

959. Essai historique et archéologique sur la reliure des livres et sur l'état de la librairie chez les anciens, par Gabriel Peignot. *Dijon et Paris*, 1834, plaq. in-8 de 84 pages, avec 2 planches, demi-rel. v. viol.

Tiré à 200 exemplaires.

960. Les Bourguignons salés, diverses conjectures des savants sur l'origine de ce dicton populaire, recueillies et publiées avec notes historiques et philologiques, par Gabr. Peignot. *Dijon*, *V. Lagier*, 1835, plaq. in-8, demi-rel. chagr. viol.

Tiré à 150 exemplaires.

961. Essai analytique sur l'origine de la langue française et sur un recueil de monuments authentiques de cette langue classés chronologiquement, depuis le IXe siècle jusqu'au XVIIe, par Gabr. Peignot. *Dijon*, *Victor Lagier*, 1835, plaq. in-8 de 112 pages, demi-rel. v. rouge.

Tiré à 150 exemplaires.
Exemplaire de Peignot sur papier vélin.

962. La Selle chevalière, par Gabr. Peignot. *Paris et Dijon*, 1836, plaq. in-8 de 16 pages, cart.

963. Nouvelles Recherches sur le dicton populaire « faire ripaille », par Gabr. Peignot. *Dijon*, *V. Lagier*, 1836, br. in-8 de 16 pages.

964. De Pierre Arétin. Notice sur sa fortune, sur les moyens qui la lui ont procurée et sur l'emploi qu'il en a fait, par

Gabr. Peignot. *Paris et Dijon*, 1836, plaq. in-8, demi-rel. chagr. viol.

Tiré à 100 exemplaires.

965. De la Liberté de la presse à Dijon au commencement du XVIIe siècle, par Gabr. Peignot. *Paris et Dijon*, 1836, plaq. in-8 de 12 pages, cart.

Tiré à 150 exemplaires.
Exemplaire de Peignot, avec addition autographe.

966. Souvenirs relatifs à quelques bibliothèques particulières des temps passés, par Gabriel Peignot. *Paris et Dijon*, 1836, plaq. in-8, cart.

967. Souvenirs relatifs à Saint-Paul de Londres, suivis de quelques détails sur un autre monument de la même ville : la Tour de Londres, par Gabriel Peignot. *Paris et Dijon*, 1836, plaq. in-8, cart.

Tiré à 100 exemplaires.
Exemplaire de Peignot, avec 9 pages ; on a ajouté à la suite une notice sur la Tour de Londres, par Tougard, avocat.

968. Peignot (Gabr.). D'une Pugnition divinement envoyée aux hommes et aux femmes pour leurs paillardises et incontinences désordonnées. *Paris*, *Techener*, 1836, br. in-8.

969. Recherches historiques et biographiques sur les autographes et sur l'autographie, avec notes, citations et tables, par Gabriel Peignot. *Dijon*, 1836, in-8, br.

Ouvrage tiré à 180 exemplaires.

970. Peignot (Gabr.). Recherches sur le luxe des Romains dans leur ameublement. *Dijon*, *V. Lagier*, 1837, 94 pages. (*Tiré à 159 exemplaires.*) — Recherches historiques et philologiques sur la philotésie, ou usage de boire à la santé, chez les anciens, au moyen âge et chez les modernes. *Dijon*, *V. Lagier*, 1836, 51 pages. — Ens. 2 ouvr. en 1 vol. in-8, demi-rel. bas. verte.

971. Recherches sur les diverses opinions relatives à l'origine et à l'étymologie du mot pontife, par Gabr. Peignot. *Dijon*, *Victor Lagier*, 1838, br. in-8 de 27 pages.

Tiré à 130 exemplaires.

972. Quelques Recherches sur d'anciennes traductions françaises de l'Oraison dominicale et d'autres pièces religieuses, par Gabr. Peignot. *Dijon*, *V. Lagier*, 1839, br. in-8.

Tiré à 175 exemplaires.

973. Quelques Recherches sur le tombeau de Virgile au mont Pausilipe, par Gabr. Peignot. *Dijon*, *V. Lagier*, 1840, br. in-8 de 36 pages.

Tiré à 175 exemplaires.

974. Predicatoriana, ou Révélations singulières et amusantes sur les prédicateurs, par G. Peignot. *Dijon, Victor Lagier*, 1841, in-8, br.

975. Recherches historiques sur l'origine et l'usage de l'instrument de pénitence appelé discipline, par Gabr. Peignot. *Dijon, V. Lagier*, 1841, plaq. in-8, demi-rel. chagr. rouge.

976. Amusements philologiques, ou Variétés en tous genres, par Gabriel Peignot. *Dijon, V. Lagier*, 1842, in-8, br.

977. Peignot (Gabr.). Dissertation historique et philologique sur un poisson d'argent et un œuf d'autruche exposés dans une cathédrale aux XIIIe et XIVe siècles. *S. l. n. d.*, plaq. in-8, cart.

Exemplaire de Peignot, avec addition autogr. Acheté à la veuve du fils de M. Peignot. (Note mss.)

978. Peignot. Notice sur la vie et les ouvrages de M. le C. Nic. Amanton, br. in-8. (Extrait.)

979. Ambassade des Bartavelles du Dauphiné, pour féliciter monsieur Hilaire sur le titre de baron et sur la dotation qu'il vient de recevoir de la munificence de Sa Majesté. *S. l. n. d.*, br. in-8, de 19 pages, cart.

Tiré à 50 exemplaires par l'auteur, M. Gabr. Peignot, chez lui, où il avait établi une petite imprimerie qui lui a servi à imprimer d'autres ouvrages auxquels il ne voulait pas mettre son nom.....

(Note mss. signée de Mme veuve Peignot, et datée de Dijon, 10 janvier 1858.

980. Lettre à M. C.-N. Amanton, sur un ouvrage relatif aux costumes de femmes depuis le milieu du douzième siècle, par Gabr. Peignot. *Dijon, s. d.*, plaq. in-8 de 12 pages, cart.

Tiré à 75 exemplaires.

981. Peignot (Gabr.). Notice sur la vie et les ouvrages de dom Jamin. *S. l. n. d.*, plaq. in-12 de 16 pages.

Cet opuscule, tiré à part, à un très-petit nombre d'exemplaires, est devenu d'une rareté insigne; exemplaire de Peignot. (Note mss.)

982. Du Luxe de Cléopâtre dans ses festins avec Jules César, puis avec Marc-Antoine, extrait lu à l'Académie de Dijon par M. Gabr. Peignot. Br. in-8 de 23 pages, cart.

983. Histoire morale, civile, politique et littéraire du Charivari, par le docteur Calybariat (par Gabr. Peignot). In-8, demi-rel. v. f. n. rog.

Tiré à petit nombre, un des rares ouvrages de Peignot.

984. Lettre de Gabriel Peignot à son ami N.-D. Baulmont, mises en ordre et publiées par Em. Peignot, son petit-fils. *Dijon*, 1857, in-8, br.

985. Essai sur la vie et les ouvrages de Gabriel Peignot, accompagné de pièces de vers inédites, par J. Simonnet. *Paris, Aug. Aubry*, 1863, in-8, br.

986. Relation d'un congrès tenu par les oiseaux de la Haute-Saône, à l'occasion d'une certaine ambassade de Bartavelles, qui fit son entrée l'hiver dernier dans la bonne ville de Vesoul. *Paris, Aug. Aubry*, 1833, br. in-8 de 8 pages.

Réimpression d'un opuscule de Gabr. Peignot, et tirée seulement à 25 exemplaires.

987. Les Oies et le Chevreuil, conte en vers, par G. Peignot. *Paris, Aug. Aubry*, 1863, br. in-8 de 8 pages.

Tiré à 25 exemplaires.

988. Opuscules de Gabriel Peignot, extraits de divers journaux, revues, recueils littéraires, etc., dont il n'a été fait aucun tirage à part, avec une introduction par Ph. Milsand, eau-forte par Ed. Hédouin. *Paris, J. Techener*, 1863, in-8, broché.

989. Catalogue d'une nombreuse collection de livres anciens, rares et curieux, provenant de la bibliothèque de feu Gabriel Peignot. *Paris, J. Techener*, 1852, in-8, demi-rel. v. f.

Ce catalogue intéressant contient 4406 numéros, formant un total de 10000 volumes; on y remarque un ensemble imposant d'ouvrages sur la Bourgogne et une collection considérable de livres sur la bibliographie (près de 400 numéros).

Le produit total de la vente fut de 28,594 fr. 75 cent.

990. Notice des ouvrages de bibliologie, d'histoire, de philologie, d'antiquités et de littérature, tant imprimés que manuscrits, de Gabr. Peignot. *Paris, Crapelet*, 1830, br. in-8 de 51 pages. — Notice biographique et bibliographique sur Gabriel Peignot, par Pierre Deschamps. *Paris, J. Techener*, 1857, br. in-8 de 60 pages. — Catalogue par ordre alphabétique des ouvrages imprimés de Gabriel Peignot, par M. P. Milsant. *Paris, Aug. Aubry*, 1861, 54 pages et supplément de 14 pages. — Les Manuscrits de Gabr. Peignot, par P. Lacroix. *Paris, Aubry*, 1870, br. in-8 de 15 pages. — Notice sur la vie et les ouvrages de Gabr. Peignot, par P. Guillemot. Br. in-8 de 19 pages.

TABLE DES DIVISIONS.

THÉOLOGIE.

JURISPRUDENCE.

BELLES-LETTRES.

HISTOIRE.

FIN DE LA TABLE DES DIVISIONS.

RED. :

21

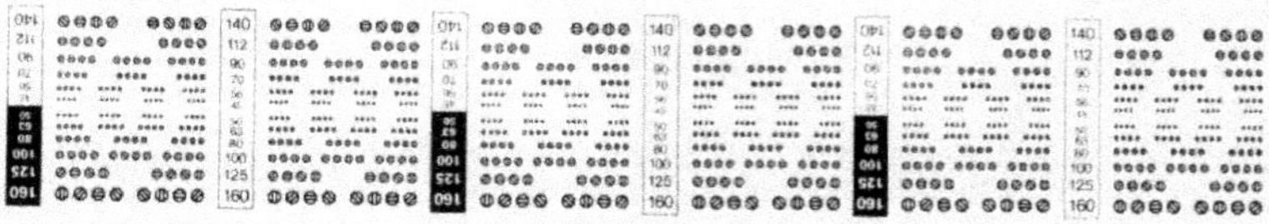

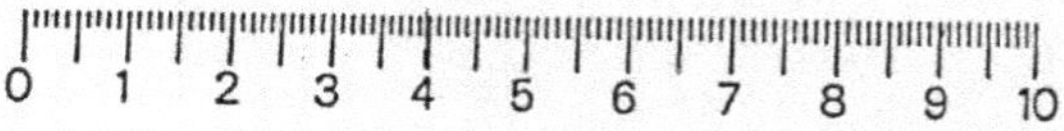

www.ingramcontent.com/pod-product-compliance
Ingram Content Group UK Ltd.
Pitfield, Milton Keynes, MK11 3LW, UK
UKHW021550260726
13993UKWH00002B/753